一個人暖呼呼

高木直子的鐵道溫泉秘境

高木直子◎圖文
洪俞君◎譯

真想悠悠哉哉地
坐火車去泡溫泉……

前言

在各種旅行交通工具
飛機、火車、巴士、船、車等等當中，
我最喜歡的是搭火車。
雖然也喜歡搭新幹線或特急，
享受著美味的車站便當，瀟灑地來回，
但最喜歡的則是搭小巧玲瓏的火車，
悠哉悠哉地欣賞車窗外的風景，
隨興地遊走。

旅行雖然有種種樂趣，但有時難免不稱心，
例如去到目的地發現與原先想像的有差異，而大失所望；
或是天公不作美；
或是太積極行動，結果弄得很累等等。

可是，
心思單純的我出去旅行只要能盡情地泡泡溫泉，
然後來杯美味的啤酒就覺得心滿意足!!

於是決定結合「搭火車」與「泡溫泉」
前往各地進行搭火車泡溫泉之旅。

我雖非鐵道迷也非溫泉通，
但還是希望各位能與我
一起進行這趟輕鬆悠閒之旅。

那麼，我們就出發囉!!

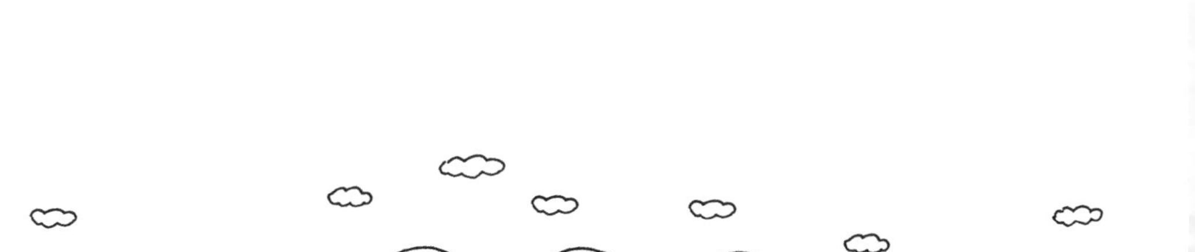

目次

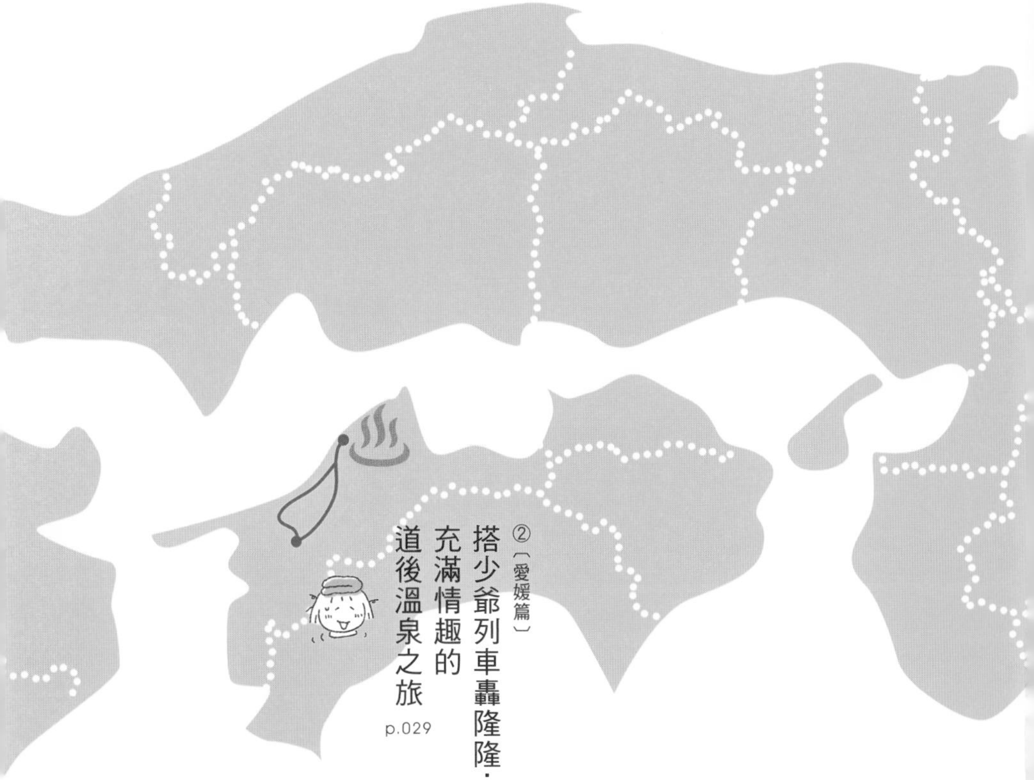

搭小火車遊溪谷！渡良瀨溪谷鐵道之旅

群馬・栃木篇

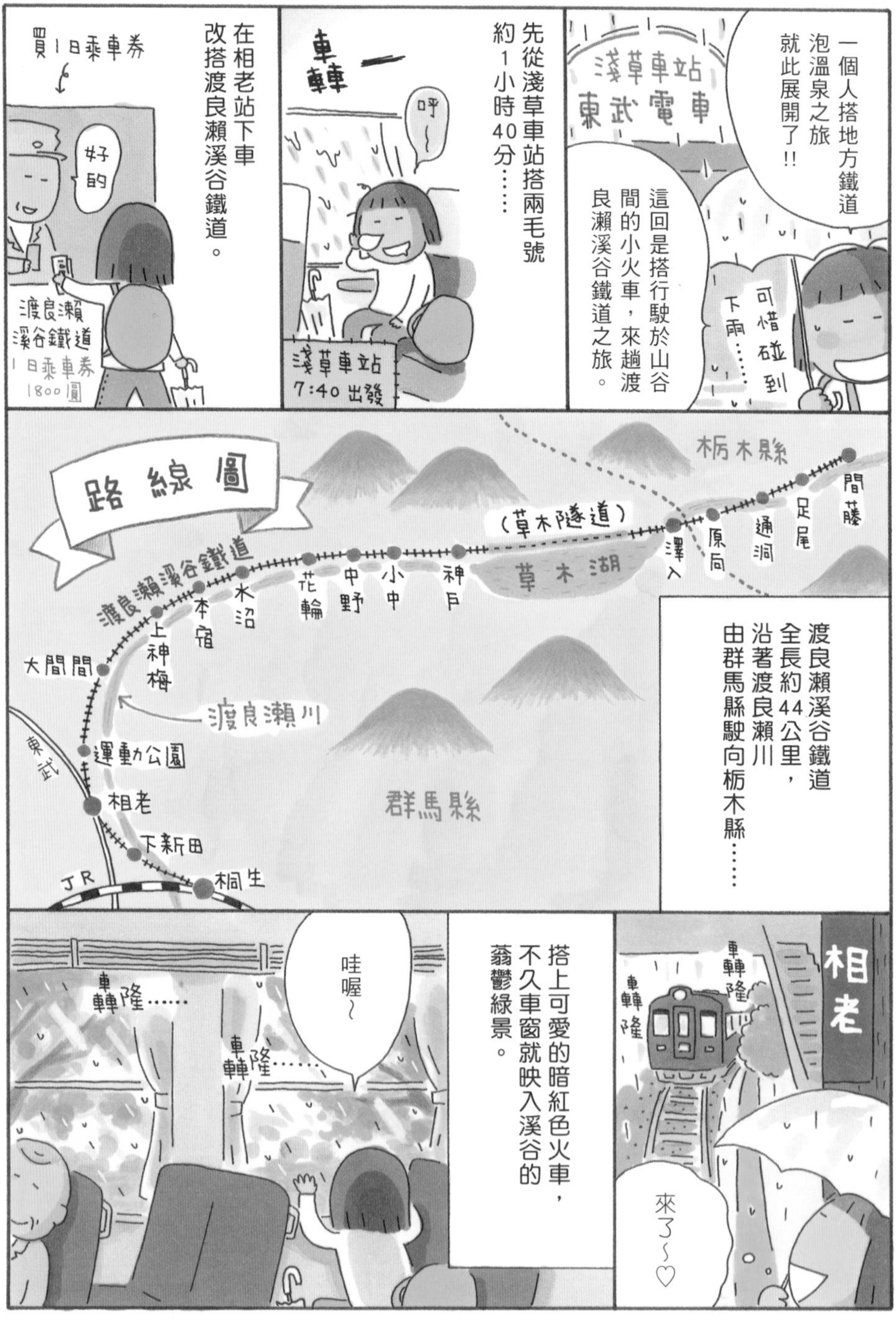
一個人搭地方鐵道泡溫泉之旅就此展開了!!
淺草車站
東武電車
這回是搭行駛於山谷間的小火車，來趟渡良瀨溪谷鐵道之旅。
可惜碰到下雨……
先從淺草車站搭兩毛號約1小時40分……
轟——
呼~
淺草車站 7:40出發
在相老站下車改搭渡良瀨溪谷鐵道。
買1日乘車券
好的
渡良瀨溪谷鐵道 1日乘車券 1800圓
路線圖
栃木縣
間藤
足尾
通洞
原向
澤入
(草木隧道)
草木湖
神戶
小中
中野
花輪
水沼
本宿
上神梅
大間間
渡良瀨溪谷鐵道
渡良瀨川
東武
運動公園
相老
下新田
桐生
JR
群馬縣
渡良瀨溪谷鐵道全長約44公里，沿著渡良瀨川由群馬縣駛向栃木縣……
相老
轟隆
轟隆
來了~♡
搭上可愛的暗紅色火車，不久車窗就映入溪谷的蓊鬱綠景。
哇喔~
轟隆……
轟隆……

在花輪站下車以後，看看指示圖……
花輪車站 周邊地圖
嗯～
您要去哪裡呢？
啊，嗯……我要去花輪小學的舊址……
喔，我也正好要去那裡。
於是請搭同一班火車的歐吉桑帶路……
我的照片正在那裡展出呢。
剛好，我們一起走吧！
哈哈哈
花輪小學於2001年4月廢校……
由車站步行5分鐘
現在變成僅於星期六日開放的紀念館……
免費入館
營養午餐室
本日菜單
嘎吱……
嘎吱……
哇～是木造的校舍耶～
好懷念喔～♥
這天是星期日
以前的教室現在則是作為資料室和展覽室。
這是我拍的照片。
群馬縣攝影展
你如果有興趣可以看看。
真的～
三年級級任
新井老師

這間教室變成了鐵道資料室
重現以前的候車室
ごうど 神戸 GODO
はなわ 花輪 HANAWA
水沼 中野
以前的站名標示
呵呵呵……營養午餐室耶~♡
集會室
本日菜單
每天均衡攝取三種顏色食物
營養午餐室
哇~這裡是保健室~
保健室
有的教室則維持本來的模樣……
黑……黑板好久沒看到了耶~
六年級級任 高瀨老師
雖然我上的那所小學是鋼筋水泥蓋的……
暫時回到兒時情懷……
溫馨地參觀過小學之後……
路上小心~
再見~
歐吉桑的朋友
又坐上列車……
轟隆
轟隆
來到了神戸站。
ごうど 神戸 GODO

這車站的月台上有利用以前的車廂改裝成的餐廳
列車餐廳
清流
在這裡面吃
清流
清流
我沒在那裡吃，只取了之前用電話預訂的小火車便當……
您的是900圓
高木小姐
需要預訂
由這車站搭上小火車渡良瀨溪谷號。
※主要行駛期間為4～11月的星期六日及例假日。需領取號碼牌（500圓）
轟隆……
哇～
喔～
好棒喔～
啊～
啊～
小火車還連接著沒車窗的觀覽車……
很多人攜家帶眷搭乘小火車，想一窺溪谷美景……
哇～
哇～
哇～
小朋友們高興得不得了
可是，這天天氣不佳，車子一開動就寒風颼颼……
哇～
好冷喔～
好冷喔!!
呼
許多人連忙跑到有車窗的普通車廂……

但也有人憑著毅力
一邊欣賞溪谷之美，
一邊擺起酒宴……
乾杯～
一邊眺望溪谷，一邊喝啤酒♥
哇哈哈
呼
嗚～
哆嗦
哆嗦
我也鼓起鬥志
一邊欣賞溪谷
一邊吃便當……♡
呼
哆嗦
哆嗦
不壓著的話，便當會被吹跑
哎喲～
儘管有些冷，
但眼前的溪谷景色
真是太美了……♡
轟隆……
炸舞茸也很好吃……♥
轟隆……
哆嗦
哆嗦
真想天氣好的日子
或紅葉時節
再搭一趟這小火車……
轟隆……
轟隆……
享受了約40分鐘的
小火車之旅後，
在通洞站下車……
通洞車站
好有趣喔，雖然很冷～
嘻嘻
哈哈
絕大部分的乘客都在這裡下車
從前這一帶是以日本銅產量第一
著稱的「足尾銅山」，
曾經繁華一時……
最盛期有將近
4萬居民……
但經過約400年
的開採之後，
於1973年關閉……
資料
據說……

銅山關閉之後，儘管有一部分坑道開放作為「足尾銅山觀光」之用，街上依舊顯得寂寥冷清……
可……可是要進到坑道裡實在有點可怕……
裡面一定是黑漆漆的……
……想著想著，我莫名地害怕起來……
遊客們絡繹不絕地上前參觀……
唉呀呀……別丟下我啊～
歡迎蒞臨 足尾銅山
嘻嘻
哈哈
搭同一班小火車的乘客
我也就緊跟著他們。
先在入口買票……
入坑券……
足尾銅山觀光
入坑券
大人800圓
小•中學生500圓
這裡也是要搭迷你小火車才能進到坑道內。
轟隆……
轟隆……
撲通撲通
通洞坑
足尾銅山觀光
一下小火車，四周是一片漆黑的坑道……
滴滴
答答
唉呀～
有水滴下來
四處還有礦工的蠟像，感覺果然有些可怕……
唉呀～別丟下我啊!!
一家人
鬧鬧
嘻嘻

山這麼硬，開鑿起來一定很辛苦……
咚咚
咚咚
據說也用了炸藥
費時近400年開鑿出來的坑道長達1234公里，相當於東京～博多間的距離。
山裡開鑿了好幾層
啊～真是無法想像
這回看的只是其中的一小部分
結束在銅山的觀光之後，信步而行來到鄰近的足尾站……
足尾車站
這車站也同樣充滿古風，好可愛喔～♡
雨停了
哇～
再搭一站來到終點站間藤。
哇～終點站耶～
間藤車站
只有我和一位歐吉桑下車……
據說這車站可以看到羚羊……
車站前就是一片山巒
可惜這天沒發現羚羊
注視～
嗯～
之後又回到通洞站……
今天的行程到此結束!!晚上要住在附近的溫泉旅館!!
溫泉♥溫泉♥
通洞車站

在通洞車站等旅館的人來接我時……
通洞車站
呆~
噫
有一位同樣也是在等人的歐吉桑……
請問您是不是也是要住河鹿莊？
是的。
知道這位先生也和我住同一家旅館……
很像石原慎太郎※
而且和我一樣都是一個人從東京來這裡旅行
我也是從東京來的
真的？
啊，車子來了。
讓您們久等了
河鹿莊
又往山裡行駛了約15分鐘，才來到下榻旅館……
車車~
這附近也有連接剛才參觀過的足尾銅山的坑道入口。
那入口名叫「小瀧坑」
喔~
司機
河鹿莊
據說被稱為小瀧地區的這一帶以前約有1萬居民，有學校也有醫院等等……
但昔日面貌如今已蕩然無存，只有連綿的群山靜靜地延伸。
還殘留些許石牆

※編注：石原慎太郎，1932年～2022年。作家，以《太陽的季節》獲得芥川賞。曾擔任4屆東京都知事。

現在只有少數的露營區和旅館……
歡迎光臨
其中一家「國民宿舍河鹿莊」也就是今晚的下榻處。
河鹿莊
抵達之後，先盡情地泡溫泉……
喔，這溫泉水質滑溜，觸感很棒耶!!
邊喝啤酒邊吃晚餐♡
呼～
太過癮了!!
這時，剛才的那位歐吉桑也過來……
哈哈哈，泡完溫泉來杯啤酒是嗎？
是的
我點了一瓶這裡出產的酒。
要不要嚐嚐看？
我一個人喝不完，妳就幫幫忙。
真的嗎？
那～
啊，這個酒很烈，很好喝耶!!
刺激～
那就多喝一點吧。
栃木出產名為「天鷹」的酒
天鷹

喝了歐吉桑請的酒……
好好喝喔～
真是太好喝了～
哇哈哈
第3杯
歐吉桑滿臉通紅……
就寢。
呼嚕～
呼嚕～
那之後很快就入睡了。
第二天早上——
啾…
啾…
一面眺望群山
一面悠哉地泡溫泉……
呆～
也有露天浴池。
然後吃早餐……
早！
啊，早！
昨天謝謝你。
之後又請旅館的人送我們到通洞車站。
通洞車站
謝謝。
再見!!
路上小心！
河鹿莊
這天也只有我和歐吉桑2人。

歐吉桑今天要搭往日光的巴士，我們於是在此道別……
再見囉！
路上小心~
巴士
今天去 日光觀光
班次雖然不多，但由足尾搭公車到日光只需50分鐘，因此也是值得一遊的行程。
日光車站
中禪寺湖
（巴士）
通洞車站
不過我今天也買了1日乘車券，為的是要盡情體驗渡良瀨溪谷鐵道。
轟轆隆……
轟轆隆……
來了
搭上行列車約1小時後，在大間間站下車。
大間間車站
大間間
大間間
這車站附近有一處名為「高津戶峽」的溪谷……
哇喔~
羽瀧橋
沿著河邊步道信步而行
「黑猩猩岩」
啊哈哈
黑猩猩耶~

接著又搭下行列車，約15分鐘後來到了水沼站。
水沼～
水沼站的月台竟然有溫泉設施……
門票500圓
有1日乘車券的話 打8折
水沼站溫泉渡假中
在這裡泡泡溫泉，然後在館內的餐廳吃午餐喝啤酒，這趟旅行就到此結束吧♡
嘻嘻嘻……
我如此計畫，可是……
啊，糟糕！去洗溫泉的話，就剛好碰到餐廳的午休時間……
今天是星期一
用餐時間
(平日)
11:00～14:00
17:00～19:00
(六日例假日)
11:00～19:00
現在是
13:00……
於是……
決定先去吃午餐。
嗯……吃「肉汁烏龍麵」好了
※洗澡前，啤酒暫且忍耐不喝
餐券
按
老實說我對味道並不抱甚麼期望，沒想到……
恍然大悟
這肉汁烏龍麵好好吃耶!!
對不起
把竹籠涼麵放進有肉的熱湯汁裡吃
(630圓)

※2010年3月的營業時間是10：30~20：00。可惜現在已經沒有「肉汁烏龍麵」。

用餐的地方是在一個像禮堂那樣有舞台的大廳裡……
哇哈哈
哈哇哈
嘿嘿嘿嘿……
附近坐了一群像是當地人的老先生老太太，他們中午就開起宴會來了。
這時……
我看是國中生吧？
嘰嘰咕咕……
沒那麼小吧？
噫？
他們似乎是在熱烈討論我的年齡……
20幾歲啦~
我看她像13歲~
國中生不會一個人跑來這裡吧~
只是長的矮吧？
哇哈哈
※大家都喝醉了
撲通
撲通
對……對不起，我已經30幾歲了……
不……不要看我~
會露出破綻……
我拚命裝作沒聽見，免得破壞（？）他們的幻想……
午餐後來到期待已久的溫泉……
女
湯
潺潺之湯
滿心歡喜
這裡的溫泉也是水質滑溜，觸感極佳……
也有露天浴池
呼~
有很多當地居民或郊遊路過此地的人前來泡溫泉。

泡完溫泉全身暖呼呼，
接著……
這溫泉的水質真好
是啊～
這位老太太是常客
這回不是喝啤酒，而是喝牛奶，
來個健康完美（？）的結束!!
啊
剛才的那群老先生老太太
哇哈哈
哇哈哈
呼
呼
MILK
然後利用等車的時間，
坐在鄰近的渡良瀨川河畔休息……
沙沙
沙沙
這樣優游
自在真好……
最後搭到渡良瀨溪谷鐵道起站
桐生站下車。
桐生
きりゅう
全線
我都坐過了～
從那裡換搭JR線，
慢慢地回到東京。
約2個半小時
下一站
是浦和～
轟隆……
轟隆……

亮晶晶的～♪

從相老站出發囉!!

車轆隆……

車轆隆……

明治44年開通

旅行回憶寫真館

令人懷念的教室情景

老師～

哈哈哈～

可以在藍色的車廂中用餐♡

幽靜風雅的足尾車站……

在這裡買

我好喜歡炸舞茸喔!!

車轆隆……

車轆隆……

穿過綠蔭往前行駛

暗紅色的車廂
融入山間景色裡

クマ
出没注意
嗚喔

坑道內又暗又熱，
又是重勞動……

那位歐吉桑請我喝的酒
好好喝……♡

放在通洞車站
送給旅客的
山上特產

肉汁烏龍麵

泡完溫泉
喝啤酒固然好，
但牛奶也很
對味!!

下欅處的
露天浴池♡

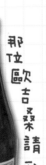

譯者注：1989年7月宮崎事件爆發後，日本發起一場掃除惡書運動，惡書是指色情書刊、違反社會善良風俗書籍，目的在保護青少年，以免受到不良影響。

渡良瀨
因為有1日乘車券，所以也在其他站中途下車走走看看。
花很漂亮的澤入車站……
そうり
澤入
雖然沒有在上神梅這站下車，可是我對這車站很感好奇……
懷念歌曲館
藤歌謠教室
卡拉OK!?
盛衰榮枯…
銅山附近已成廢墟的房舍、工廠稀稀落落……
粉絲們或許會很著迷……
可是我有點怕……
山很近!!
喵
河也很近!!
渡良瀨川
茶
巧克力
聽說棲息著多種動物
羚羊
熊

群馬・栃木完結篇

第1回就碰到天氣不佳，實在有些遺憾，但行駛溪谷間的列車景色優美令人神清氣爽，看到昔日繁榮一時的銅山也教人感觸良深，旅程中充滿地方鐵道之旅的氛圍。

我想天氣好時一定還要再搭一趟小火車，下次可以在月台上的餐廳「清流」裡用餐，應該別有一番情趣。

此外，也想學途中遇見的那位歐吉桑，體驗一次搭公車到日光。

來回交通費	4,930圓
當地交通費	3,600圓
住宿費	9,225圓
飲食費	1,730圓
入浴費	400圓
其他	800圓
共計	20,685圓

2008・5＊LOCALLINE&ONSENHITORITABI＊
此次旅行的費用
20,685圓
東京⟷群馬
一夜住宿

➡DATA
●渡良瀨溪谷鐵道株式會社
☎0277-73-2110
http://www.watetsu.com.
●舊花輪小學校紀念館
群馬縣綠市東町花輪191
（群馬縣綠みどり市東町花輪191）
☎0277-97-2622
http://www.city.midori.gunma.jp/hanawa/
●清流餐廳（レストラン清流）
群馬縣綠市東町神戶886-1
（群馬縣みどり市東町神戶886-1）
☎0277-97-3681
http://www.watetsu.com/seiryu.html
●足尾銅山觀光
栃木縣日光市足尾町通洞9-2
☎0288-93-3240
http://www15.ocn.ne.jp/~ashiokan/
●國民宿舍河鹿莊（國民宿舎かじか荘）
栃木縣日光市足尾町5488
☎0288-93-3420
http://www.kajikasou.com/
●水沼站溫泉渡假中心（水沼駅温泉センター）
群馬縣桐生市黑保根町水沼120-1
☎0277-96-2500
http://www.mizunuma-sb.com/

搭少爺列車轟隆隆……
充滿情趣的道後溫泉之旅

愛媛篇

這回要去的地方是因夏目漱石小說《少爺》而聞名的愛媛縣道後溫泉!!
嗯嗯……
轟隆……
在飛機中預習
少爺
到了松山機場之後，先搭公車來到松山市車站。
Takashimaya
這裡很都市嘛！
張望
第一次到愛媛縣♥
四下
松山市內有可愛的路面電車……
轟隆
轟隆
其中最引人注目的就是這個以《少爺》中出現的火車為樣本的列車。
名稱也是……
「少爺火車」
像火柴盒般的火車。才轟隆隆地坐5分鐘，就得下車了。～摘自《少爺》～
車費是300圓，但我買的是少爺列車乘車券＋市內電車1日券＋紀念品的套票，售價1000圓。
呵呵呵……
紀念品種類很多，我選的是印花方巾……
少爺列車乘車券
還附一個包包
少爺列車不論星期六日例假日，每天都行駛好幾班次……
來了～
哇～
啊～
喀嚓
喀嚓
所以當地的人似乎已習以為常……
……
乘車處
14

車廂也是木造的，充滿濃郁的復古情調……
座椅、地板、牆壁都是木造的～♡
Oh~
呵
呵
要照囉!!
可是，一開動就晃動得很厲害
下一站是〇〇〇～
聲音大得連車掌的聲音都聽不見
轟隆
轟隆
轟隆
轟隆
真的轟隆轟隆響耶～
列車抵達道後溫泉站……
道後溫泉車站
少爺
我連忙跑去道後溫泉本館洗溫泉。
道後溫泉
耶～♡終於來到這裡了！
喀嚓
喀嚓
洗溫泉有4種價位可供選擇……
神之湯樓下　400圓
僅限洗神之湯（像澡堂）
神之湯二樓席　800圓
這個加上可以在二樓的大休息室休息
有浴衣出租並提供茶點
靈之湯二樓席　1200圓
這個加上可以在靈之湯洗溫泉
休息室是二樓專用客室
並出借毛巾
靈之湯三樓單人房　1500圓
休息室是三樓的單人包間。
浴室有「神之湯」和「靈之湯」2種
我先買了「神之湯」二樓席的票。
剪票口
有這個標示
請走到盡頭，由左邊樓梯上二樓

上了二樓，來到一間有55個榻榻米大的房間……
您可以選自己喜歡的位子
哇喔～
好大喔!!
起先不清楚這裡的種種規矩，有些手足無措……
您可以把行李放那邊
也有寄物櫃
洗完溫泉以後，您也可以直接穿浴衣出來。
但經過服務人員親切地說明也就放心了。
那個樓梯下面是神之湯
不斷點頭
謝謝
請慢慢洗～
哇～
嘩～～啦
浴池較深，水也較熱……
半蹲
我剛才在那裡遇到田中太太喔
她呀總是洗得很快
來洗溫泉的除了觀光客以外，似乎還有許多當地居民。
喔～這裡的水質果然好……洗完皮膚好光滑……♡
各種設施等都遠不及東京，但溫泉旅館卻是很豪華的～摘自《少爺》～

泡完溫泉後，來到剛才那間大休息室喝茶吃點心……
很特別的茶具
在窗邊納涼稍作休息……
好熱喔～
啪
啪
這天氣溫度超過30℃，可是沒有開冷氣……
然後又搭10分鐘左右的路面電車……
車轆隆
車轆隆
一六蛋糕捲
在「大街道」這一站下車。
愛媛　銀行
TOKYU IN
大街道
這一帶是繁華的鬧區，我預定今晚住在這附近的一家商務飯店。
把行李託給飯店之後，來到附近一家名叫「五志喜本店」吃午餐。
五志喜
五色素麵
五色素麵
啦啦♪
咕～
這裡可以吃到松山名產五色素麵，而我最想吃的是裡面有一整條鯛魚的「鯛魚素麵」!!
豪華
裡面有「五色素麵」……加了顏色的麵。

但想到點一整條鯛魚畢竟太奢侈，也就退縮改點鯛魚片素麵。
哇～
我在這時候總是不夠大膽……
魚片
鯛魚素麵（涼麵・魚片）
松套餐 1995圓
↑一整條鯛魚的話是2835圓
鄰桌坐著一對看似當地人的新潮年輕情侶……
我要一個炸物掛麵
我要一個螃蟹山藥掛麵
好的
噫!?
還是第一次看到情侶約會吃掛麵……
在松山應該是很司空見慣的吧……
還是碰巧？
上次打工的時候
好好吃喔～
覺得有點新鮮。
吃完午餐之後，去參觀松山城……
嘰～
嘰～
嘰～
哎喲～好熱喔……
然後回飯店辦好入住手續，馬上倒床呼呼午睡。
冷氣
我習慣辦好入住手續就先睡覺……
呼～
轟～
到了傍晚……
轟隆
轟隆
又搭路面電車去道後溫泉。
～♫

再度前往道後溫泉本館，這回買的是「靈之湯二樓席」
1200圓
剪票口
請走樓梯上二樓
靈之湯雖然比神之湯小很多，可是人很少，反倒覺得泡起來更寬敞舒適。
呆～
這裡有神之湯沒有供應的洗髮精、香皂等。
休息室也比剛才的小，我一邊喝茶吃點心一邊度過一段悠閒時光，然後……
來到外頭在附近的店吃愛媛名產炸魚漿餅配啤酒♡
呼～
當地出產名為「少爺啤酒」的啤酒
飯糰
「炸魚漿餅」將在近海捕撈的鮮魚搗製成魚漿後，炸製而成。
夜幕完全低垂的道後溫泉街上……
喧鬧
熙熙
攘攘
心曠神怡
冰
少爺糰子
也有許多穿著浴衣的觀光客，風情滿點，氛圍極佳……

在車站前的泡腳處泡腳，
酒醒了之後，
由於旁邊就有一家可愛的陶器店……
旅行時光
喔
我在那裡給自己買了2個
松山市鄰市砥部町特產砥部燒的
放蕎麥醬汁的碗。
好可愛喔……
砥部町原本是
磨刀石的產地喔～
磨刀石
所以才叫
作砥部
道後溫泉還有一個名叫
「山茶湯」的別館，
是一處簡易的溫泉休息處……
山茶湯
入浴費360圓
我又在此享受泡湯時光……
呼～
好舒服喔……
不知道要
泡多久……
這裡也很寬敞舒適……
充分享受泡溫泉的樂趣，
開開心心要回飯店時……
打擊
啊
已經沒有
路面電車了!?
道後溫泉車站
電車乘車處
靜～
末班電車
是22時……
於是乘著涼爽的
夜風散步走回飯店。
唉呀呀……
大約走了25分鐘
才回到飯店。

第二天——
啾……
啾……
TOKYU INN
為了早上去泡溫泉努力早起的我……
睡意朦朧
6點起床
搭第一班路面電車前往道後溫泉。
轟隆……
轟隆……
道後溫泉
大街道
6:25 頭班電車
松山市內的路面電車搭一段是150圓，可是買1日乘車券也只需300圓，很便宜，因此就買那個。
我要買1日乘車券
啊 好的
車票箱
可以在車上買
1日乘車券是像刮刮樂那樣的。
請您自己刮出今天的日期
年 平成 20 21
月 1 2 3 4 5 6 7 8 9 10 11 12
日 1 2 3 4 8 9 10 15 16 17 22 23 29 30
全票300圓
今天也來到道後溫泉
道後溫泉幾乎每天都是從早上6點開始營業
道後溫泉
今天買的是「神之湯樓下」這種入浴券。
400圓
入浴券售票處
叮噹 叮噹
既不能在大廳休息也沒有茶點，是幾種票價中最大眾化的。

※2010年3月　1日乘車券的票價是全票400圓。

早上脫衣處就有很多人，很是熱鬧……
啊 村山太太
熙熙
唉呀 三好太太
攘攘
媽～
那我先出去了
吵雜
在晨光中泡溫泉，心情真是無比舒暢……
呼～早上洗溫泉好舒服喔～♡
嘩啦啦……
真羨慕當地人可以經常來……
洗完溫泉後又搭路面電車回飯店……
道後溫泉車站
呼～♪
路面電車有舊型、新型等各種車廂……
舊型的車廂中也洋溢著復古情調……
蛋糕捲
松山名產
哇 木板地板的味道耶……
雖然不是昨天搭的「少爺列車」，但也充滿濃郁懷舊氛圍。
轟隆……
呵呵 下車鈴也好可愛喔……
下車旅客請按此鈴
轟隆……
下一站是～上一萬～
由於是早上的尖峰時間，乘客很多
回到飯店後吃自助式早餐……
哇～
有素麵～♥
←炸魚漿餅

在房間稍做休息……
呼
這時……
噫？
由房間窗戶一看，今天也照常行駛的少爺列車身影映入了眼簾……
哇喔!!
下面正好是經過路線
從這種飯店的窗戶看到火車身影，感覺好奇怪喔……
好像不是身處在現代日本……
轟隆……
轟隆……
……我如此想著。辦完退房手續之後，來到了松山車站。
松山車站
轟隆……
轟隆……
今天預定從松山遠行，利用ＪＲ予讚線到內子町走走，然後再由沿海線回來。
松山
松山機場
瀨戶內海
這樣去
這樣回來
散步
內子
伊予大洲
首先買了這區間無限乘車的「內子・大洲自由行1日乘車券」
內子・大洲自由行
1日乘車券
(乘車券・自由席特急券)
松山～伊予大洲
(經由內子及經由伊予長濱)
限當日有效
2700圓
也可以搭乘特急自由席

搭上特急列車，約30分鐘後……
轟
呆～
茶
在內子站下車，連忙到街上逛逛……
Let's go!!
內子車站
租了一輛自行車
離內子車站不遠的地方有一處被稱為「八日市．護國街景」的地區，江戶～明治時代因製造和紙及木蠟而繁榮一時，如今仍留有許多古老建築物。
Oh~
或……或許不需要自行車……
啊
啊……好熱喔……
中途有一些看似歷史悠久的店家……
大森和蠟燭店
伊予內子町
木蠟 和蠟燭
五代目
元祖
噫～蠟燭店耶～
在民房屋簷下有無人販賣站等，充滿各種風情。
謝謝惠顧
錢筒↓
100圓
100圓
150圓
哈哈哈手工的竹蜻蜓耶～

然後參觀懷古風十足的劇場和博物館
內子座
將大正時代建造的歌舞伎劇場予以修復
哇喔～好壯觀……
午餐在一家名叫「凜介」吃宇和島風鯛魚飯
飯上面是鯛魚生魚片和蛋黃
哇～
醬汁
1050圓
要淋上
內子町自由行到此結束……
好好吃喔……♡
很喜歡鯛魚
請用
回程決定搭和來時不同的沿海線回到松山。
轟隆……
伊予大洲
松山
在這裡換車
這條鐵路線乘客很少，感覺比較像地方鐵道，異於來時搭的特急……
轟隆……
轟隆……
座椅的顏色也給人感覺很溫馨……♡
火車往前行駛沒多久，瀨戶內海的風光便映入車窗盡收眼底。
轟隆……
哇～海耶!!

海實在太漂亮了，讓我蠢蠢欲動很想下車去……
轟隆……
怎……怎麼辦!?要不要下車呢……
轟隆……
不安
坐立
隨興地在「下灘」這一站中途下車。
下去吧！
咻
只有我一個人下車……
月台前就是一片景色絕佳的湛藍海洋!!
轟隆……
轟隆……
しもなだ
下灘
shimonada
←くし
哇喔！
毅然下了車，但距離下一班車還有1小時20分……
嘰～
嘰～
嗯……車站四周也沒甚麼可去的地方……
四下張望
只有數棟民房……
姑且坐上20分鐘後抵達的反方向列車到上一站「串」。
這裡也離海很近
轟隆……
轟隆……
……
串
月台位在急斜坡

可是車站四周
比剛才更了無人煙……
嘰～
嘰～
啪
啪
不安
如果碰到蛇
該怎麼辦～
沙沙
加上這天非常酷熱，
只好靜靜坐在月台的長椅上……
嘰～
嘰～
好熱啊……
也沒有自動販賣機，只好省著喝自己帶的茶……
搭上期盼多時的下一班車
前往松山
約55分鐘後
嘰～
嘰～
終於來了!!
轟轟隆
轟轟隆
耶～～
據說這條鐵路線
夕陽沒入海中的景致美不勝收，
大家不妨選在這時間搭車。
我沒看到，這只是想像圖
轟轟隆
轟轟隆
抵達松山車站之後，
順便到車站前的溫泉館
「喜助之湯」……
天然溫泉
喜助之湯
這裡是現代化的澡堂　550圓
也洗去今天的一身汗水，
充實的道後溫泉之旅
也到此結束。
哈哈哈
也買了
很多名產
都是吃的
少爺糰子
蛋糕捲
炸魚漿餅

乘車券也很有懷舊情調～銷魂～

旅行回憶
寫真館

普通列車也很可愛喔♡

儘管是魚片也很豪華的鯛魚素麵

搭纜車可以輕鬆到達松山城
（我用走的）

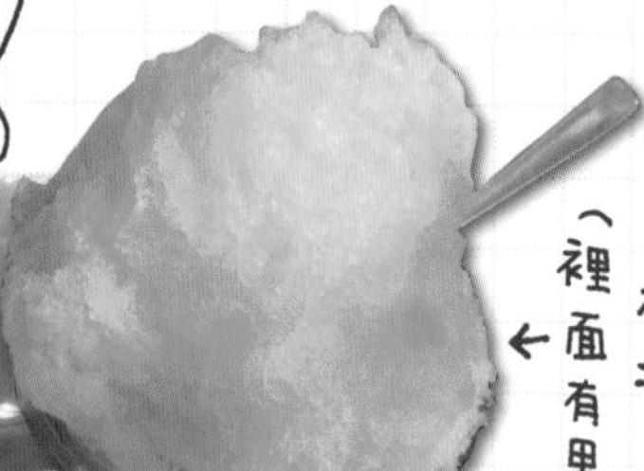

美味的伊予柑冰
（裡面有果凍）

好像真的會有「少爺」出現的
道後溫泉本館

休憩組合♡

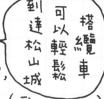

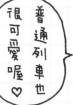

宇和島風鯛魚飯

吃炸魚漿餅配啤酒……

最後還在機場吃了炸魚漿餅麵

從月台上似乎能縱身入海的下灘車站

種種可愛的道後點心

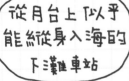

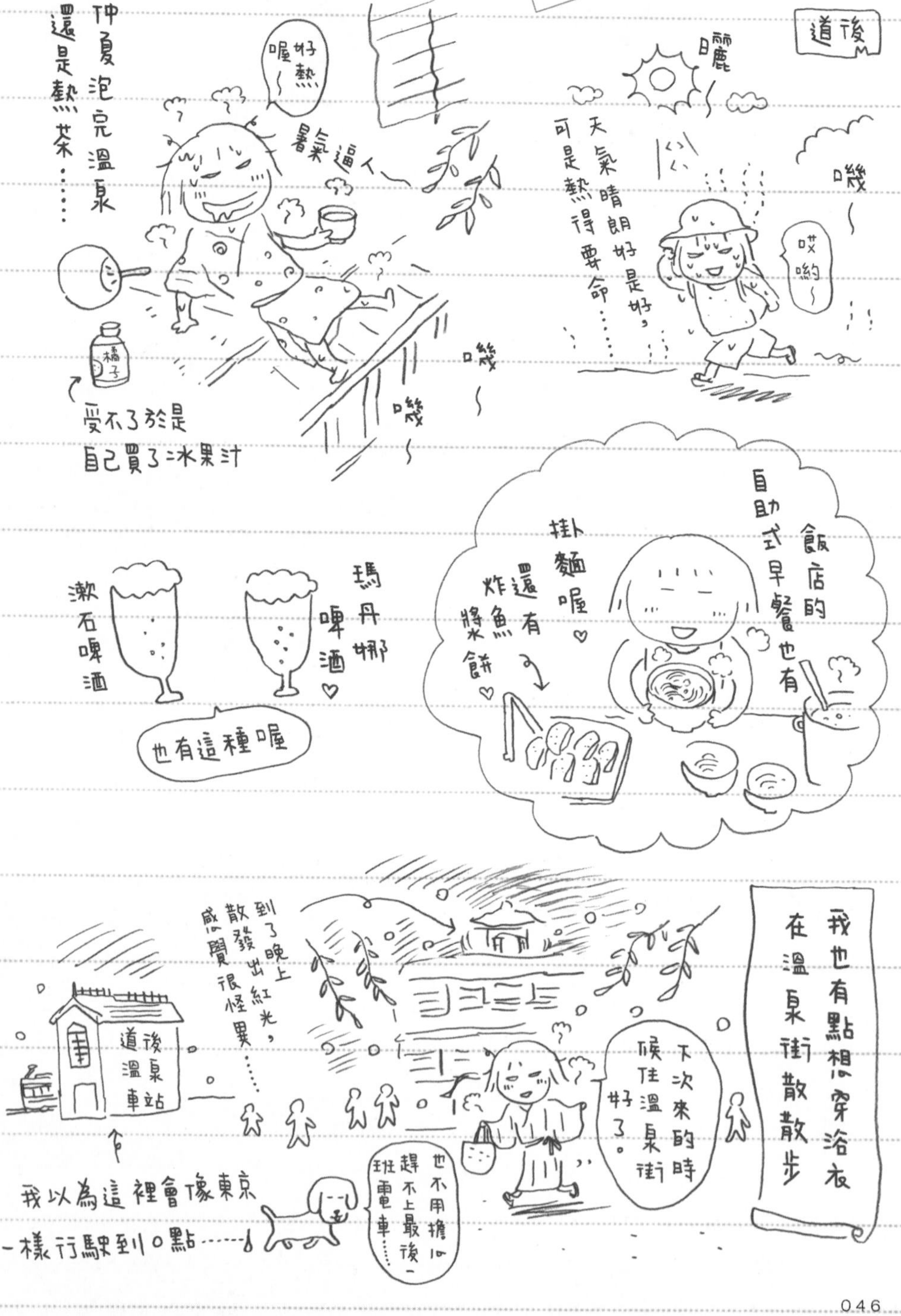
道後
仲夏泡完溫泉
還是熱茶……
好熱喔~
暑氣逼人~
橘子
受不了於是
自己買了冰果汁
嘰~
嘰~
曬
天氣晴朗好是好，
可是熱得要命……
嘰~
哎喲~
飯店的
自助式早餐也有
掛麵喔♡
還有炸魚漿餅♡
漱石啤酒
瑪丹娜啤酒♡
也有這種喔
我也有點想穿浴衣
在溫泉街散散步
下次來的時候住溫泉街好了。
也不用擔心趕不上最後一班電車……
到了晚上散發出紅光，感覺很怪異……
道後溫泉車站
我以為這裡會像東京
一樣行駛到0點……

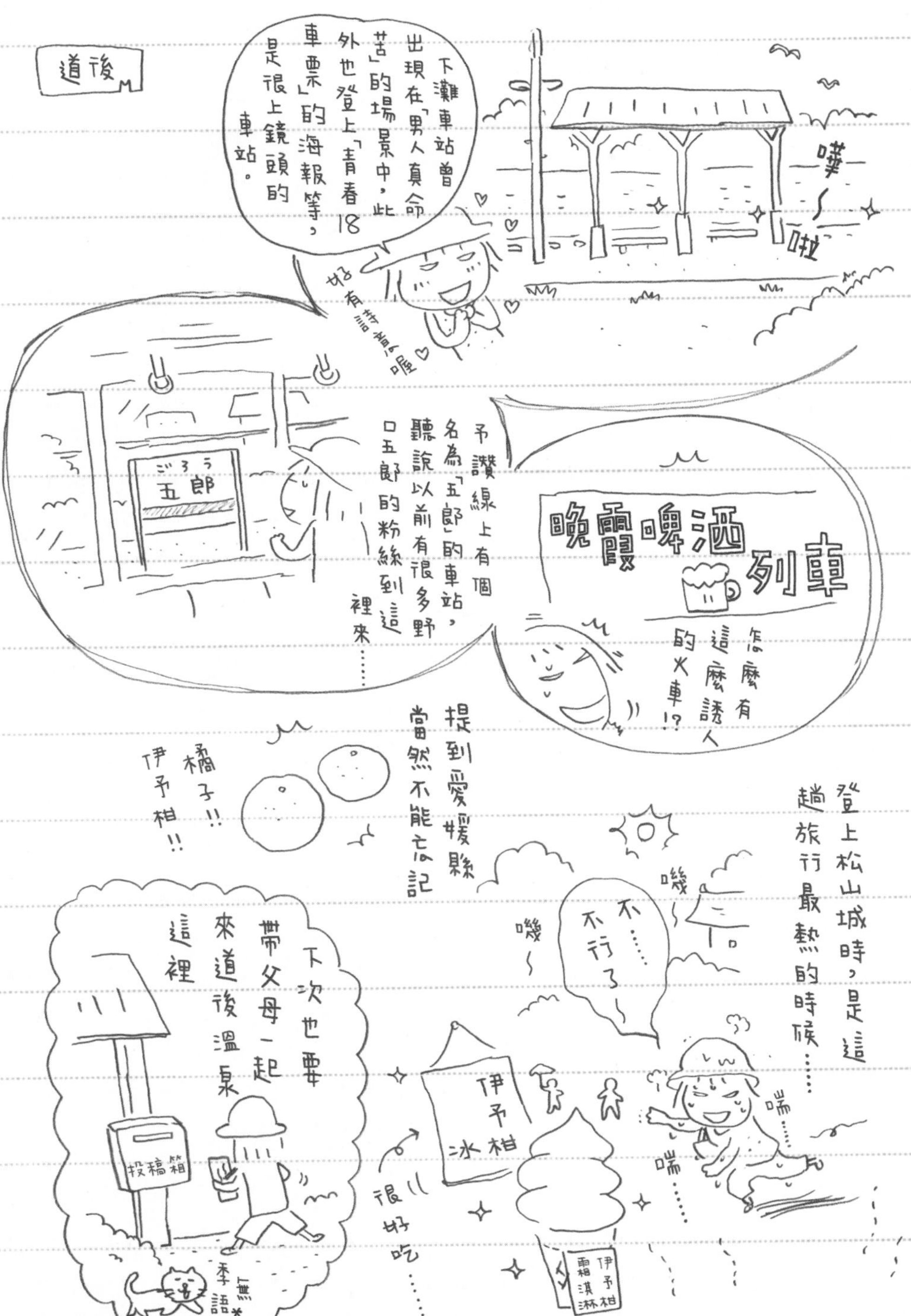

*編注：季語，在俳句中使用，用來表達特定季節的詞彙。

愛媛完結篇

我從以前就很想去道後溫泉旅行，由於沒住過有路面電車行駛的地方，因此光坐路面電車就讓我歡欣雀躍。可愛的路面電車作為市民以及觀光客的代步工具，每日繁忙地行駛著。

行駛下灘站一帶沿海地區的予讚線，恬靜的氛圍乃是一大特色。當海面由車窗外映入眼簾時，讓人不由得興奮不已。

道後溫泉本館充滿情趣，水質又好，深得我心，堪稱是名湯。

團費（機票＋住宿費）	29,700圓
羽田機場來回交通費	1,620圓
當地交通費	4,700圓
飲食費	5,800圓
入浴費	3,310圓
其他	1,180圓
共計	46,310圓

LOCALLINE&ONSENHITORITABI*2008.7*
此次旅行的費用
46,310圓
東京⟷愛媛
一夜住宿

➡DATA
●道後溫泉本館
愛媛縣松山市道後湯之町5-6
☎089-921-5141
http://www.dogo.or.jp/pc/honkan/index.htm
●凜介（りんすけ）
愛媛縣喜多郡內子町本町2
☎0893-44-2816
●少爺列車（坊ちゃん列車）
☎089-948-3323（伊予鐵道株式會社）
http://www.iyotetsu.co.jp/
●五志喜本店
愛媛縣松山市三番町3-5-4
☎0120-448816

搭暖暖線 心也暖呼呼
越後微醺之旅

新潟篇

這回的目的地是新潟縣……
轟隆……
由東京搭Max時光號約1小時20分
首先來到川端康成小說「雪國」中的越後湯澤
『穿過縣界上長長的隧道，那裡……』
越後湯澤車站
歡迎光臨
還沒有雪
嘿嘿嘿……♫
時間還是9月
鄰近越後湯澤車站有一處滑雪場，但……
出租滑雪用具 雪板 滑雪衣
民宿
旅館
出租滑雪用具
冬天一定很熱鬧
我是不滑雪的
纜車
現在還不是滑雪季節，少有人跡，很是安靜。
走著走著發現一個寫著「湯澤滑雪神社」的看板……
噫!?
湯澤滑雪神社
滑雪神社?
於是決定登上冬天應該是埋在厚厚雪下變成滑雪場的山路上前瞧瞧。
大概是那個吧~

冬天要走到這裡一定很辛苦
變成這樣？
哇～
唰
湯澤滑雪神社
啪
啪
時值秋天，山上遍地是芒草和波斯菊……
與其說是滑雪場……
倒不如說是芒草場？
噗
……心裡如此想著，一邊來到「山之湯」這個溫泉休息處。
從車站步行15分
哇～♥
山之湯
入浴費400圓
浴池不是很寬敞，可是有很多觀光客和當地居民很是熱鬧……
瀰漫的硫磺味道也讓人深感置身溫泉鄉……
味道撲鼻～
其實我這陣子工作忙得不可開交……
啊～工作做不完～
著急
這個沒做完，就不能出去旅行
跳腳
這溫泉正可溫柔撫慰我疲憊的身軀。
泡溫泉果真是一大享受啊～
肩膀痠痛都好了
感動
呼
我今天早上一直在那裡拔草
是喔～

越後湯澤還有許多溫泉休息處……
山之湯
駒子之湯
街道之湯
岩之湯
宿湯之湯
也有可一次享受這5處溫泉的優惠聯票。
這回我沒買
優惠聯票
1500圓
但難得來一趟，因此我又接著去附近的「駒子之湯」。
湯澤溫泉
駒子之湯
「駒子」是小說「雪國」中女主角的名字。
這裡比剛才的山之湯新而且寬敞……
和剛才相比味道淡了些，溫泉水也更清爽!!
景色也很好
入浴費500圓
泡夠了溫泉之後，又回到車站。
呼~疲憊盡消♡
越後湯澤車站
又活過來了!!
這回旅行的目的之一是……吃新潟的好米做的飯糰配啤酒!!
我的最愛
如此想的我
可以拿飯糰當下酒菜的人
新潟 旅遊手冊
連忙進到車站裡的餐廳實現夢想……
餐廳
豐收
嗯~新潟的飯糰好好吃喔~
嚼
嚼
感動~
新潟當地出產的啤酒
八海山泉啤酒
HAKKAISAN BEER IZUMIDA
飯糰定食750圓

豐收
謝謝光臨!!
我酒足飯飽，帶點微醺……
嗝～
這家餐廳所在的「CoCoLo湯澤」車站商場中……
越後
車站商場
CoCoLo湯澤
地酒
銘品
特產
熙熙
攘攘
餐廳
高朋滿座
擠滿觀光客
還有特產店、溫泉休息處等各種店家……
其中一處名為「PONSYU館」的越後酒博物館，可供遊客試飲各種日本酒。
魚沼的酒莊
中越的酒莊
下越的酒莊
佐渡的酒
哇喔～
琳瑯滿目～
有各式各樣的酒
我喝日本酒很快就會醉，因此平常很少喝，不過……
大多喝啤酒
……
撲通撲通
既然來到酒鄉新潟，我也就乘著微醺之際乾脆多品些酒。
我要試喝!!
好的，費用是500圓。
八海山
在櫃台付完錢後，會拿到酒杯和5個代幣，將代幣投進販賣機按下酒款按鈕，就可以喝到5杯喜愛的酒。
要喝哪一種酒呢……
寫有各種說明
○○酒莊
秋季限定
雪國
大吟釀
種類多到搞不清……

也有可以品嚐鹽和味噌的專區・(免費)
上越的酒莊
最佳推薦
適合日本酒的鹽
隨便好了，反正我也不太會品嘗日本酒!!
隨便
隨便
按!!
嘩～
第一杯
啊 這個酒好好喝喔!!
哇～
越初梅 純米
季中酒 精釀酒
儘管不太懂味道，還是覺得好喝♡
第二杯
啊～真的很烈!!
超烈酒本釀造
喲～
第三杯
噫～這是佐渡島的酒耶～
鶴之舞大吟釀
嗝～♥
第四杯
是名為「冷下風」的酒
小黃瓜和日本酒真是麻吉～
哈哈哈
50圓買的小黃瓜
第五杯
嗝～
忘了酒的名字叫甚麼……
喝完第五杯時已經醉醺醺了……
館內的醉漢蠟像
呼～真過癮……♡
嗝
嗝
酒味四溢～
可是車子快開了……
暖暖線乘車處
連忙搭上名稱可愛的北越急行暖暖線。
嘿嘿嘿
暖呼呼的喔～

暖暖線連接六日町站～犀潟站，行駛區間有很多隧道乃一大特徵。
柏崎
日本海
信越本線
犀潟
直江津
松代
暖暖線
六日町
上越線
越後湯澤
這區間屬JR，但暖暖線也延伸行駛至此。
另有一名為「夢空號」的列車利用行駛區間隧道眾多的特點，一進入隧道車廂內即變成電影院。（於星期六日例假日等行駛）
會映現煙火和星空等畫面
這回我沒搭，可是……
真想搭看看……
雖然錯過了電影院列車，但隧道與隧道間正值收割時期的一大片金黃稻海盡收眼底……
轟隆……
哇～♡
轟隆……
真是美麗極了!!
列車穿過越光米最馳名的產地魚沼地區。
然後在松代站下車……
松代
請問是高木小姐嗎？
是的。
下榻的旅館開車來接我，由車站約15分鐘車程來到了松之山溫泉。
歡迎蒞臨
日本三大藥湯
松之山溫泉
鹽
菸
車轔～
山間的小溫泉街……

這寧靜雅趣稍微偏離溫泉街的木造三層建築旅館便是今晚的下榻處……
歡迎光臨
凌雲閣
這回的下榻處對我而言有點太豪華，房間雖舊，但卻高雅舒適，氣氛溫馨。
哇～好大喔!!
松之山溫泉和草津溫泉、有馬溫泉並列為「日本三大藥泉」，被認為是藥效很高的溫泉……
味道撲鼻
好奇怪的味道喔……
好像家庭五金大賣場的味道……
哇 好鹹喔!!
略呈綠色的溫泉水據說源自於化石海水，氣味獨特帶點油味，嚐起來則是鹹鹹的味道……
旅館的大浴場
晚上則是品嚐以各種山珍為食材的美味料理……
這是○○○○
這是○○○○
都是些少見的菇類和山菜，名字我忘了
飯也很好吃!!
也有海味
聽著由窗外傳來的秋蟲鳴聲……
好旅館住起來果然舒服……
吱～
吱～
香甜地進入了夢鄉。
呼～

第二天早上——
啾
啾
凌雲閣
在旅館附近散散步……
啾……
啾……
有〈故鄉的秋天〉歌詞中的味道耶～
吃過美味的早餐之後……
請再給我一碗飯
好的
米飯果然好吃……♥
又去泡溫泉
呼～
松之山溫泉鹽分很高，因此身體有點漂浮起來的感覺……
漂浮～～
趁著沒人，在浴池裡游一下泳
請勿模仿
♪
咻～～
退房以後，又請旅館的人開車送我到松代車站。
歡迎再度光臨
凌雲閣
謝謝!!
再見!!
松代車站

今天也是搭暖暖線，約35分鐘後……
轟隆……
轟隆……
來到暖暖線的延長線終點，位於日本海沿岸的直江津。
JR 直江津車站
來到了直江津～♡
哇～
距離換車時間還有1個小時……
難得來直江津，就來吃一下好吃的海產再走吧～
海產餐廳
阿軍
營業中
於是進到附近的餐廳……
歡迎光臨
呵呵呵……
很喜歡吃生魚片
嗯～1個土產魚丼飯……
噫？
當季
黑喉魚
一〇〇g 九八〇起
菜單
那個「黑喉魚」是甚麼啊？
正式名稱叫「赤鯥」，是一種很高級的魚，也是新潟的縣魚，現在是盛產季節，味道非常肥美。
點一人份就可以做成生魚片喔
因此就小闊一下，點了土產魚和黑喉魚當午餐♡
黑喉魚好好吃喔!!
滑嫩又鮮美♡
土產魚丼飯 840圓
也點了啤酒
HAKKAISAN BEER IZUMI DRAFT
黑喉魚1人份 980圓(時價)
這也很好吃

心滿意足的我又回到直江津車站……
直江津
なおえつ
黑喉魚啊
真是太好吃了~嗝
♫
搭上信越本線往長岡的列車。
嘿嘿嘿……
真希望趕快
看到日本海♡
這條鐵路線從地圖上看來，
好像是沿著日本海行駛，然而……
轟隆……
轟隆……
還沒看到海……
噫？
這景色剛才好像
也看過耶!?
奇怪……
下一站是
犀潟
唉呀~
果然沒錯!!
剛才也經過
犀潟站了呀!!
唰
原來是室生
犀星的「犀」啊
犀潟
我記得那時正好想到這……
糟糕!!
一不小心
又坐上了暖暖線!!
我連忙跳下列車……
衝
對不起，
我要往長岡方面，
結果坐錯車了，
是不是再回去
直江津站比較好!?
我問站務員……
驚慌失措!!
噫？
要去長岡，
妳剛才搭的車
就對了啊！
轟隆……
轟隆……
甚麼!?

是的……我糊里糊塗地忘了暖暖線和信越本線出了直江津有一段是行駛同樣鐵路線。
日本海
由此分開
往長岡・新潟方面
信越本線
犀潟
現在在此♥
直江津
暖暖線
松代
往越後湯澤方面
我不該急著下車的!!
哇~
更糟的是……
下一班車是14點38分喔……
現在是12點半
還有2個小時!?
甚麼?
我就這樣隻身被留在人生地不熟的車站……
犀潟車站
……
車站附近也沒甚麼觀光點……
今天本來是預定之後在「鯨波」這可愛的站名中途下車……
眺望日本海，思考人生之後……
嘩啦~
……
一邊欣賞日本海，一邊洗溫泉
發呆
犀潟站也近日本海，於是我步行來到海邊。
無精打采
啊~這樣望著大海，不禁覺得一切都是那麼微不足道……
不順遂的人生、不如人意的人際關係……
搭電車下錯站等等……
嘩啦~
嘩啦~
碎碎唸……

望著海面一會後，精神稍微振作的我……
嘩啦
嘩啦
呆~
……
在這裡發呆2個小時也不是辦法，走到下2站去吧!!
車站附近好像有一處名叫「鵜之濱溫泉」的溫泉街
潟町
土底濱
犀潟
新潟
剛從旅遊書上得到的資訊
決定做這件有勇無謀的事!!
哇哈哈，就地圖上看來，大概有5公里!!
走快一點的話，應該1個小時就可以到!!
嗖
嗖
嗖
我努力地繼續往前走……
對……對不起，請問到鵜之濱溫泉……
還要沿著這條路一直走一直走……
吁吁
氣喘
不出所料走了約1小時後，終於抵達鵜之濱溫泉。
到……到了~
歡迎蒞臨 鵜之濱溫泉
果然累人……
鵜之濱海岸
入口
踉蹌
連忙前往旅遊書上介紹的溫泉休息處「鵜之濱人魚館」……
這裡好像也有可以一邊眺望日本海一邊泡溫泉的浴池……
鵜之濱 人魚館
歡欣雀躍

打擊～
本日休館
花了1小時走到這裡……
哇哇～
怎麼會這樣～
好恨啊……
來到附近的溫泉旅館，詢問可否讓我在此休息泡溫泉……
對……對不起～請問……
嗚嗚……
得到的回覆是「可以」，我因而得以順利泡溫泉。
哇～這裡也是日本海盡收眼底～
但其實這裡好像並不接受只休息泡溫泉不住宿的客人，乃基於情面特別開例……（感謝）
嚐一下這處臨海的溫泉泉水，同樣也有點鹹味……
水質清爽宜人♫
悠哉地泡泡溫泉，撫慰我那因走路而疲憊不堪的身軀……
不料，泡太久……
鵜之濱溫泉
糟……糟糕
沒趕上預定要搭乘的那班列車……
潟町車站
かたまちえき
轟隆……
轟隆……
頹喪
今天遭逢的第2次……

幸好（？）這回下一班車只需等45分鐘，因此便乖乖地待在月台上……
呆～
嘎里嘎里冰
終於搭上往長岡方面的列車。
轟隆……
轟隆……
哇～
終於來了
列車出了潟町站，不久便來到日本海沿岸……
轟隆……
青海川
喔～
列車經過據說是日本最臨近海邊的車站，還有我原本預定在那裡下車的鯨波站等……
轟隆……
鯨波車站
車站上有鯨魚的圖案，很是可愛
再見囉 小鯨魚……
哪一天再見囉……
接下來進入內陸，車窗外的風景一變成為一片金黃稻海。
有美味的海鮮，也有好吃的稻米……
轟隆……
新潟真是個好地方啊～♡
花了1個半小時終於來到長岡站，然後改搭新幹線……
又拿飯糰配啤酒，邊吃邊喝回到了東京。
轟隆～～
啊～
啤酒
全國首先推出的地方啤酒
越後啤酒

駒子之湯

民宿
藤左エ門
TEL 84-3623

……

這個看板好可愛喔♡

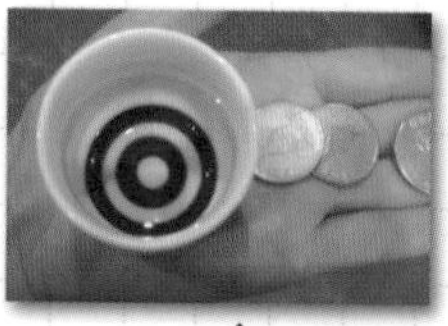

1枚代幣
＝
1杯酒

HAKKAISAN
BEER
IZUMIDRAFT

泡湯之後來杯啤酒配上飯糰♡

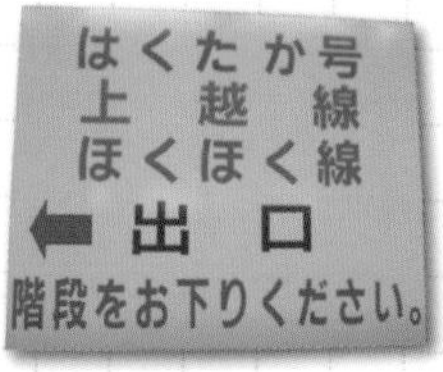
はくたか号
上越線
ほくほく線
出口
階段をお下りください。

晚上則是享用旅館精心準備的菜餚!!♡

高木様

Hokuetsu Express

這隻吉祥兔的名字叫「HOKKUN」

金黃色
的稻海……

黑喉魚
真是太好吃了!!

土產魚丼飯
也是很高級的!!

這是
真的海

鵜之濱溫泉

像辣椒醬(Tabasco)的味道

買回去當
禮物!!

撲鼻~

秋天的
碳水化合物大集合

義大利麵 & 飯糰

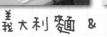

越後
轟隆……
穿過隧道
就是……
稻穗搖曳的
稻米之鄉!!
轟隆……
旅行筆記
魚沼出產
越光米
車站便當
味冠全日本
越光米便當
飯糰
日本第一
新米
採用魚沼出產的越光米暖暖便當
暖暖
駒子便當
嗚……看起來好好吃喔
別跑啊
滾滾
特產店裡
也有賣米……
嗚
可是太重了。
沉重……
新米
越光米
魚沼出產
沒想到還有賣
手掌般大小的包裝米。
鏘!
魚沼出產
越光米
2杯裝
好像很好吃耶♡
越光米冰淇淋
越光米啤酒
越光米仙貝
越光米餅乾
越光米最中餅
加上越光兩個字,
好像甚麼都好吃♡

越後
這趟旅行後半段轉車很麻煩……
本來想早一點到長岡，去看「煙火博物館」。
轟隆
轟隆
哇～
開放時間已經結束，沒去成。
那裡有可以看3D煙火秀的「動感電影院」，好像很有趣。
（長岡的煙火很有名……）
長岡發現一家有賣我垂涎已久的「ITARIMAN」的店!!
啊呵
FRIEND
ITARIMAN
在長岡車站……
ITARIMAN是……新潟市、長岡市一帶特有的像義大利麵又像炒麵的當地麵食。
嘩啦
隻身女子的日本海之旅
然而外帶在新幹線裡吃，才發現氣味比想像的重……
呼嚕嚕
唉呀呀
撲鼻
連忙一口氣吃完……
（不過真的很好吃♡）
上面淋有類似義大利肉醬的醬汁

新潟完結篇

去了越後湯澤、松之山溫泉、鵜之濱溫泉這3處溫泉，3處風格各異，各有特色，讓我盡興而歸。

去的時候正逢新米上市，米飯特別美味可口。見到車窗外稻作風景綿延不斷，不由得感嘆「難怪這裡的米會這麼好吃」。

插秧時節或下雪時期去的話，大概又是另一番風情吧。希望下回去時，我能對日本酒的滋味有多一點的認識。

來回交通費	15,090圓
當地交通費	2,910圓
住宿費	14,800圓
飲食費	5,825圓
入浴費	920圓
共計	40,025圓

➡DATA
●山之湯（山の湯）
新潟縣南魚沼郡湯澤町湯澤930
☎025-784-2246
●駒子之湯（駒子の湯）
新潟縣南魚沼郡湯澤町湯澤148
☎025-785-7660
●凌雲閣松之山飯店（凌雲閣松之山ホテル）
新潟縣十日町市松之山天水越81
☎025-596-2100
http://www.ryounkaku.net/
●阿軍海產餐廳直江津店
（海の幸味どころ　軍ちゃん　直江津店）
新潟縣上越市西本町1-14-2
http://www.gunchan.net/
☎025-545-2728
●越後酒博物館 PONSYU館
（越後のお酒ミュージアムぽんしゅ館）
新潟縣南魚沼郡湯澤町湯澤2427-3
☎025-784-3758
http://www.ponsyukan.com/

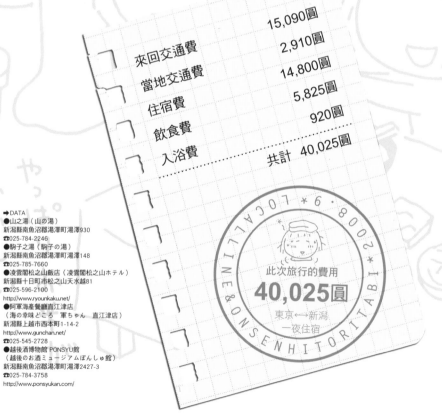

螃蟹・溫泉・恐龍……
搭越前鐵道漫遊

福井篇

這回是一個人漫遊越前地區!!
轟隆隆……
KOMATSU
首先，搭早上第一班飛機來到小松機場。
歡迎蒞臨
加賀溫泉車站
服務中心
哼哼
這次旅行重點雖然是福井縣，但既然來到石川縣的機場，也就來享受一下石川的溫泉……
噫？
從機場來到加賀溫泉，打算再搭約15分鐘巴士去山代溫泉……
打擊
本日公休的休閒設施（周三）
山代溫泉公共浴池
本日9時～15時公休
啊
想順路去洗溫泉的地方。
（現在時間是9點多……）
請問今天山代溫泉的公共浴池公休嗎!?
啪達啪達
旅客服務中心
是啊，今天下午3點之前都不營業……
嗯……
山代
其他也有可以只泡溫泉不住宿的旅館，可是都是從下午1點開始……
↖而且比較貴
如果妳願意搭巴士搭遠一點，可以到山中溫泉去，那裡的公共浴池有營業……
啊，那輛巴士正好是要去山中溫泉的!!
啊
已經要開了
↖1天只有幾班
服務中心
路上小心
那……那我就去山中溫泉好了。
謝謝妳
啪達啪達
我就這樣意外地前往山中溫泉……

搭了約30分鐘巴士後……
轟轟一
哎呀我根本沒預先做功課~
嘩啦
嘩啦
旅遊手冊
來到了加賀溫泉鄉之一的山中溫泉。
手擀蕎麥麵
可樂餅
嗯~
好漂亮的溫泉街……
首先嚐嚐山中溫泉出身的烹飪大師道場六三郎獨創的湯……
山中溫泉出身
道場六三郎獨創的美味
加賀馬鈴薯濃湯
每日上午10:00～11:30
超人氣
熙熙
攘攘
隨季節更換菜色
12～3月
螃蟹湯
4～6月
加賀蔬菜湯
7～8月
加賀番茄西班牙冷湯
1碗100圓
呼~身體也暖和起來了。
到山中溫泉的公共浴池菊之湯休息泡溫泉
男浴池和女浴池分別位於不同的建築物。
男湯
女湯
滿心期待
浴池乾淨又寬敞，也有許多當地居民前來泡溫泉……
皮膚變得好光滑喔~
有很多老太太
入浴費420圓
泡完溫泉之後，邊吃當地的名產溫泉蛋邊休息♡。
在山中溫泉整整浸泡5小時
滑嫩爽口
菊之湯溫泉蛋
1個70圓

享受過山中溫泉之後……
山中溫泉 巴士站
時間剛好
溫泉蛋口味
回到加賀溫泉車站轉往福井!!
要搭的是特急THUNDER BIRD!!
普通電車班次較少，因此便小闊一下搭特急電車到福井。
乘車時間只約20分鐘，不過……
我還是眼明手快地買了……
鏘—
螃蟹壽司便當!!
呵呵呵……♡
日本海名產
螃蟹壽司
品嚐著美味的便當……
轟隆—
螃蟹啦 螃蟹啦
很喜歡吃螃蟹♡
THUNDER BIRD轉眼就到了福井站
這次的地方鐵道之旅就由此開始!!
越前鐵道
福井車站
要改搭越前鐵道♡
嗝
越前鐵道有勝山永平寺線和三國蘆原線2條鐵路線……
東尋坊
三國港
三國蘆原線
勝山永平寺線
福井口
福井
永平寺
勝山

今天先前往三國方面……
售票處
到三國港……
750圓
叮噹
叮噹
先在售票處買票，然後到剪票口給剪票員剪票，一切都還是按照古早的做法。
ふくい 福井 FUKUI
請上車
喀嚓
福井▶三國港 750圓
而越前鐵道特別之處是車上還有隨車服務員!!
歡迎各位搭乘本列車
主要服務於白天的列車
隨車服務員負責觀光導遊等車內廣播、賣票給中途從無人車站上車的乘客等……
轟隆……
你好!!
如果有需要服務的地方……
轟隆……
你好
對不起
轟隆……
為乘客提供種種服務。
我預定到終點站三國港之後，去參觀名勝東尋坊……
轟隆……
呵呵呵……
東尋坊……
轟隆……
福井
旅遊手冊
搭乘本列車轉往東尋坊的旅客可以在蘆原湯之町站下車，然後搭約4分鐘後到站的巴士……
轟隆……
或由終點站三國港步行約30分鐘。
轟隆……
啊!?

我本來想從三國港搭巴士去東尋坊的……
走路去比較方便嗎？
旅遊手冊
是的 如果您不討厭走路的話，這時間走路去是比等巴士來得快。
嗯……走路的話，沿著海邊走就可以了，是嗎？
地圖很小，看不清楚
MAP
啊……請等一下
您可以參考這張地圖。
哇～謝謝!!
大又清楚的地圖
三國探索地圖
好熱心喔……
心動～
車轆隆……
對不起～
倍感親切
從福井站出發，約50分鐘後來到了三國港站……
車轆隆……
然後遵照隨車服務員的指引，走路前往東尋坊。
啦～
啦
一面走一面欣賞著海景，景色絕佳的路程走上30分鐘也不引以為苦，最後平安抵達東尋坊!!
嘩啦～
啊!!
火曜推理劇場裡常出現的場景!!

哎喲～好高喔～
呼～……
「東尋坊」是源於一位在此被推下海的僧侶之名……
光想像這事，東尋坊的高度就夠駭人了。
大家都膽戰心驚!!
好可怕喔
好可怕喔
老伴啊
不行啊!!
哎喲
啊
好可怕喔
通往東尋坊的路上海產店櫛比鱗次……
餐廳
活蟹
鮭魚子丼飯
螃蟹・海膽
海鮮丼飯
提到越前，當然少不了……
越前蟹!!
很想嚐嚐看，但實在太貴了……
背甲蟹的話，大概還吃得起……
背甲蟹＝雌性的越前蟹（價格較低廉）
當季美食!!
背甲蟹丼飯
3000圓
連背甲蟹都要3000圓!!
一點都不貴!! 保證值回票價!!
不吃會後悔喔～真的很好吃喔!!
可……可是……
店裡的人極力推薦
膽小的我結果還是嚇得逃之夭夭……
我看還是算了～
啊……

回程則是搭巴士前往三國港車站……
啊
轟轟～
但由於夕陽實在太美了，便在一處名叫「日落海灘」的海濱中途下車。
哇喔～♡
耀眼～
燦爛～
很多攝影師也來到此地。
望著美麗的夕陽，湧起些許勇氣的我……
好漂亮喔～
喀嚓
呆～
對了，難得來到福井……
還是得吃一下螃蟹才行!!
燦爛
於是來到附近的海產店……
田島
海鮮丼飯
啤酒
呼呼
這回毅然決然地點了背甲蟹丼飯!!
豪華豐盛——
哇喔～
這裡同樣也是3000圓
也點了啤酒♥
品嚐過超幸福的螃蟹大餐後……
啊……果然鼓起勇氣點了螃蟹是對的……♡
真是太好吃了～
果然值回票價～
蟹膏

最後來到三國站附近的溫泉旅館，旅館舒適又溫馨……
天然溫泉
風之杜
呼～♡
好舒服……
一邊悠悠哉哉泡溫泉，一邊沉醉在螃蟹大餐的餘韻中，今晚就下榻這家旅館……
呼～
第二天也是觀光出遊的絕佳天氣!!
今天也要奮勇向前!!
咯～
旅館院子裡的雞
離搭車還有些時間，先在湊町三國散散步。
哇～好多漁船耶!!
海鷗路
這一帶還留有古老建築，有些懷舊的氛圍……
新古美術品
書畫骨董
好有意境喔……
也買了些三國名產酒饅頭
謝謝
小山屋
饅頭上面的烙印因店而異
扇
紅
長
三國名產
酒饅頭
120圓

今天也是搭越前鐵道
三國車站
嘎啦 嘎啦
今天原本預定先搭三國蘆原線到福井口，然後改搭勝山永平寺線到終點站勝山，來趟大遷徙……
不知道有沒有隨車服務員……
大家好～
昨日
一人服務車
轟隆……
轟隆……
可惜由於時間尚早，電車上沒有隨車服務員。
不過越前鐵道的很多車站都充滿復古情調，又可愛……
轟隆……
福井 ← 方面
轟隆……
感覺有點像外國鄉間的車站
欣賞著恬靜優美的風光，1個小時40分鐘的乘車時間也不知不覺結束了……
轟隆……
轟隆……
掰掰
哇～
幼稚園的小朋友們對我揮手
歡迎蒞臨勝山市
恐龍王國
勝山
終於來到勝山了!!
為甚麼我要千里迢迢地來到勝山呢……
呵呵呵……
果然還是很遠……
發麻～
那是因為這裡有一座世界三大恐龍博物館之一的福井縣立恐龍博物館!!
車站前面的恐龍塑像
由勝山車站到博物館是搭巴士
100圓無限乘車的社區巴士
GURURIN
※班次很少

發現車窗外有一排恐龍足跡一直通往博物館!!
嚇—
哇喔
就這樣滿心期待地搭巴士前往博物館……
巨蛋形的展覽館
歡欣雀躍
GURURIN
哇喔
好逼真喔!!
吼
嘎嗚
也有會動的
不用怕啦
啊~
好可怕喔~
大聲哭喊的小朋友
寬敞的館內展示有各種標本和模型等……
哇~長毛象耶~
工作人員為我詳細解說。
這是恐龍排泄物的化石……
從這個可以知道恐龍的飲食習慣喔……
糞便化石!!
糞便化石

看標本看著看著，肚子不由得餓了起來……
這不是複製品，是真品……
我的思考路線
骨
肉
肚子餓♥
咕嚕
於是順勢前往館內的餐廳
餐廳
克里特島
咕嚕
咕嚕~
餐廳裡有許多與恐龍相關的菜色……
恐龍丼飯
特別推薦給偏愛肉食的您!!
800圓
無齒翼龍丼飯
800圓
恐龍咖哩
1000圓
※有的菜色每日限定10客
鸚鵡螺化石
(附飲料)
600圓
恐龍蛋
800圓
老大不小了還點「恐龍咖哩」
嚼
嚼
附可爾必思
味道還不錯♥
啊~好好玩喔~♡
嘻嘻嘻
還買了恐龍周邊產品……
恐龍博物館禮品店
離開博物館之後，約步行15分鐘，繞到附近的溫泉設施
哼哼
♪
天然溫泉
勝山溫泉中心
水芭蕉
→

泡在每逢滑雪季節便會擠滿自滑雪場歸來的溫泉客的寬敞浴池裡，真是舒暢無比……♡
呆～
入浴費 500圓
越前鐵道也有發售可以利用延線3處溫泉設施的「泡湯聯票」。
來回票打8折，溫泉設施的入浴費也有優惠，非常划算!!
這次我不是來回都搭，所以沒買……
洗完溫泉後由於沒有適當的巴士可搭，便決定走回勝山車站……
嗯……
是這邊沒錯吧？
MAP
有點遠……
鏘～
啊!!
這時發現去程所看到的恐龍腳印，便沿著腳印往前走，順利地來到車站。
車站
呵呵呵呵……
正要上電車時……
啊
啊，我們又見面了。
昨天的那位……

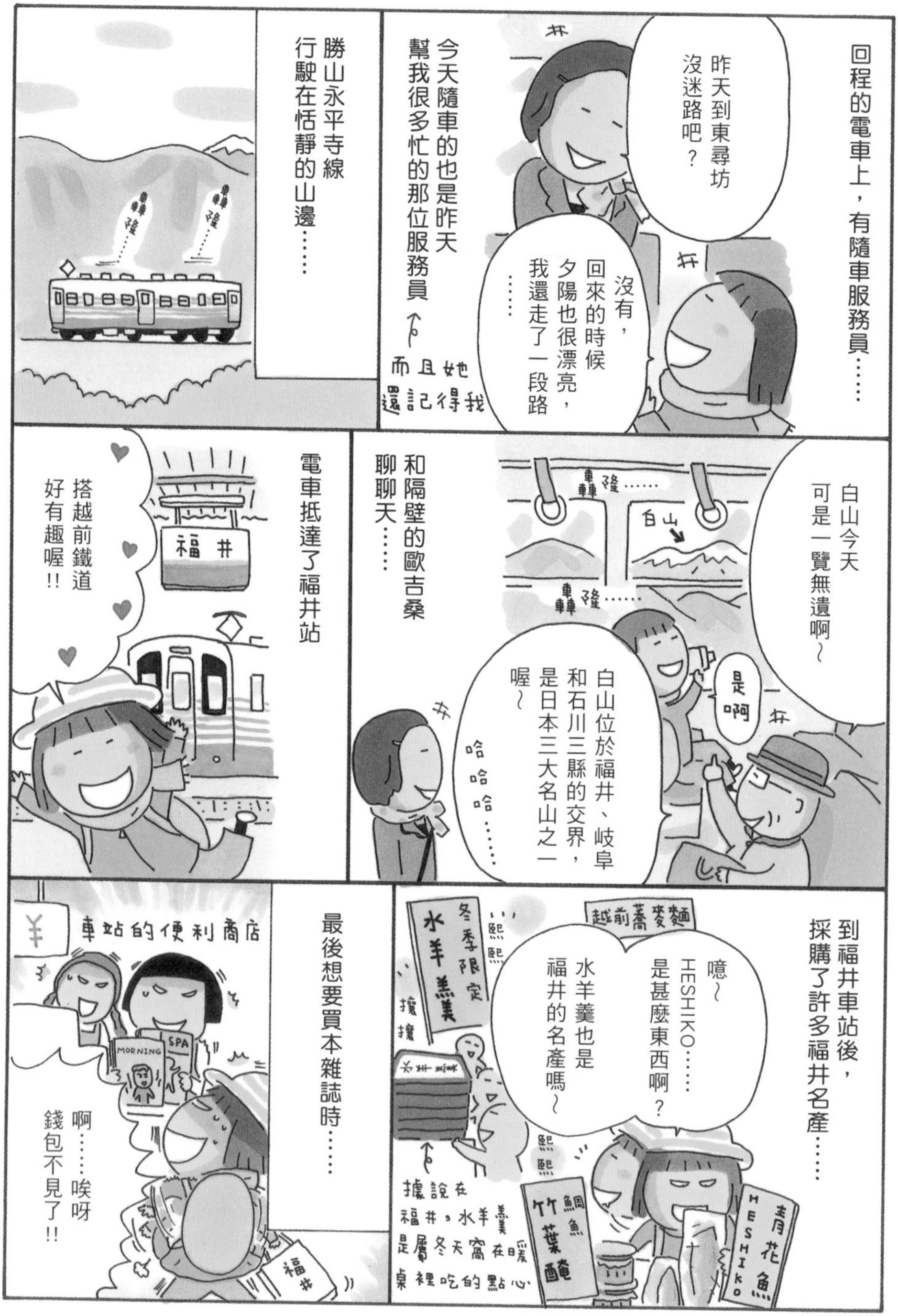
回程的電車上，有隨車服務員……
昨天到東尋坊沒迷路吧？
沒有，回來的時候夕陽也很漂亮，我還走了一段路……
今天隨車的也是昨天幫我很多忙的那位服務員
而且她還記得我
勝山永平寺線行駛在恬靜的山邊……
轟隆……
白山今天可是一覽無遺啊～
轟隆……
白山
是啊
白山位於福井、岐阜和石川三縣的交界，是日本三大名山之一喔～
哈哈哈……
和隔壁的歐吉桑聊聊天……
電車抵達了福井站
福井
搭越前鐵道好有趣喔!!
到福井車站後，採購了許多福井名產……
越前蕎麥麵
冬季限定 水羊羹
噫～HESHIKO……是甚麼東西啊？
水羊羹也是福井的名產嗎～
熙熙
據說在福井，水羊羹是屬冬天窩在暖桌裡吃的點心
鯛魚 竹葉醃
青花魚 HESHIko
最後想要買本雜誌時……
車站的便利商店
¥
MORNING
SPA
啊……唉呀錢包不見了!!
福井

錢包不見了~
真的不見了~
窸窸窣窣
奇怪……該不會是掉在哪裡了吧~
人聲吵雜
驚慌失措
還是被扒走了~
我全部的錢和信用卡都在裡面耶~
唉呀~
怎麼辦~
就在我身無分文、驚慌失措時……
唉呀呀……我回不了家了~派……派……派出所~
ㄆーㄣ ㄆㄥ ㄆㄥ♪
失物招領~
失物招領~
人聲吵雜
啊!!
服務台
啊~我的錢包找到了!!
錢包被送到服務台失物招領
可能是在特產店裡掉的
然後又回去買雜誌……
恭喜妳找到錢包了!!
剛才有廣播失物招領吧~
嗯……
我一時以為是扒手，真是不好意思……
呵呵呵……溫泉悠然舒暢，人們也很熱情，這裡真是個好地方啊~♡
福井
轟~
茶
……我懷著這樣的心情，一邊品嚐眼明手快買下的名產烤青花魚壽司，一邊搭特急和新幹線回到東京。

山中溫泉公共浴池

這是男湯
所在的建築物

螃蟹壽司便當

入口即化的溫泉蛋

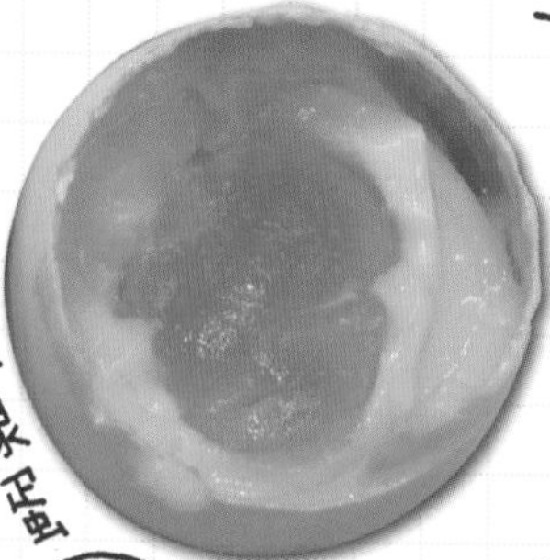

越前鐵道

隨車服務員
在月台上迎接
乘客!!

旅行回憶
寫真館

螃蟹!! 螃蟹!!
螃蟹!!

東尋坊

不太想走的近路……

難得闊綽地點了背甲蟹丼飯!!

絕對不想掉下去的懸崖……

通往恐龍博物館的路上也有恐龍♡

也吃了越前名產蘿蔔泥蕎麥麵♡

好好吃喔……

呈塊狀的福井水羊羹吃得的時候得切開吃(冬季販售)

吼～

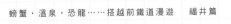

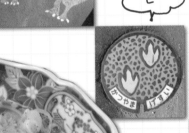

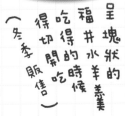

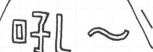

越前
位於東尋坊附近「日落海灘」上的「三國溫泉湯Your Port」也值得一遊。
能從溫泉眺望沉落海面的夕陽!!
我去的那天正好是公休……
旅行筆記
螃蟹丼飯・鮭魚子丼飯
螃蟹壽司・海膽丼飯
全部都喜歡
也很想嚐嚐福井名產醬汁豬排丼飯
有隨車服務員時，上面會寫著
服務員隨車
沒有隨車服務員時，則是寫
一人服務車
好恐怖喔~
螃蟹蕎麥麵
螃蟹烏龍麵
螃蟹拉麵
……等，種類繁多喔。
嘩啦
嘩啦
東尋坊

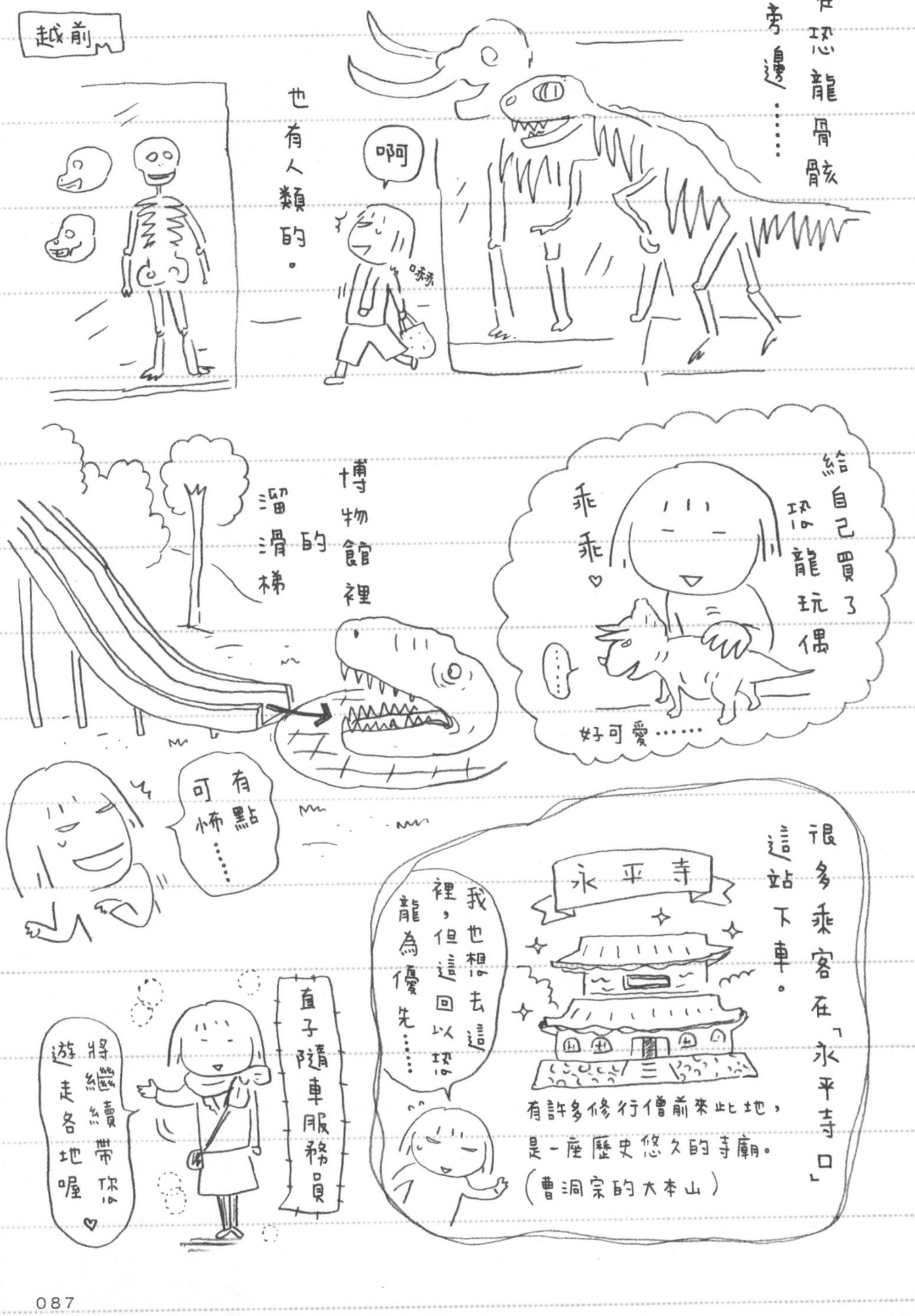
越前
在恐龍骨骸旁邊……
也有人類的。
啊
博物館裡的溜滑梯
給自己買了恐龍玩偶
乖乖♡
……
好可愛……
有點可怖……
很多乘客在「永平寺口」這站下車。
永平寺
有許多修行僧前來此地，是一座歷史悠久的寺廟。(曹洞宗的大本山)
我也想去這裡，但這回以恐龍為優先……
直子隨車服務員
將繼續帶您遊走各地喔♡

福井完結篇

越前鐵道是一條當今少見有隨車服務員服務的鐵路線。

老實說，行前我心想「這麼小的電車需要隨車服務員嗎？」但隨車服務員笑容可掬，熱心回答乘客們的問題，有時也和乘客話家常，光側耳傾聽這些對話就足以讓人有賓至如歸之感。

規畫精心的恐龍博物館、舒適的溫泉、美味的螃蟹……，這趟旅行真是讓我心滿意足。

來回交通費	29,130圓
當地交通費	6,670圓
住宿費	7,500圓
飲食費	7,660圓
入浴費	920圓
其他	1,000圓
共計	52,880圓

LOCALLINE&ONSENHITORITABI*2008.11*
此次旅行的費用
52,880圓
東京←→福井
一夜住宿

➡DATA
●越前（えちぜん）鐵道株式會社
☎0120-840-508旅客服務中心
http://www.echizen-tetsudo.co.jp/
●夕日旅館 風之杜（夕日の宿 風の杜）
福井縣坂井市三國町緑之丘（緑ヶ丘）4-5-16
☎0776-81-7151
http://www12.plala.or.jp/kazemori/
●福井縣立恐龍博物館
福井縣勝山市村岡町寺尾51-11
☎0779-88-0001
http://www.dinosaur.pref.fukui.jp/
●山中溫泉公共浴池 菊之湯（菊の湯）
石川縣加賀市山中溫泉
湯之出町レ（RE）1番地（男湯）
藥師町ム（MU）1番地（女湯）
☎0761-78-4026
http://www.yamanaka-spa.or.jp/welcome
●水芭蕉溫泉
福井縣勝山市村岡町淨土寺30-11
☎0779-87-1507

在修善寺體驗坐禪！
伊豆箱根鐵道之旅

靜岡篇

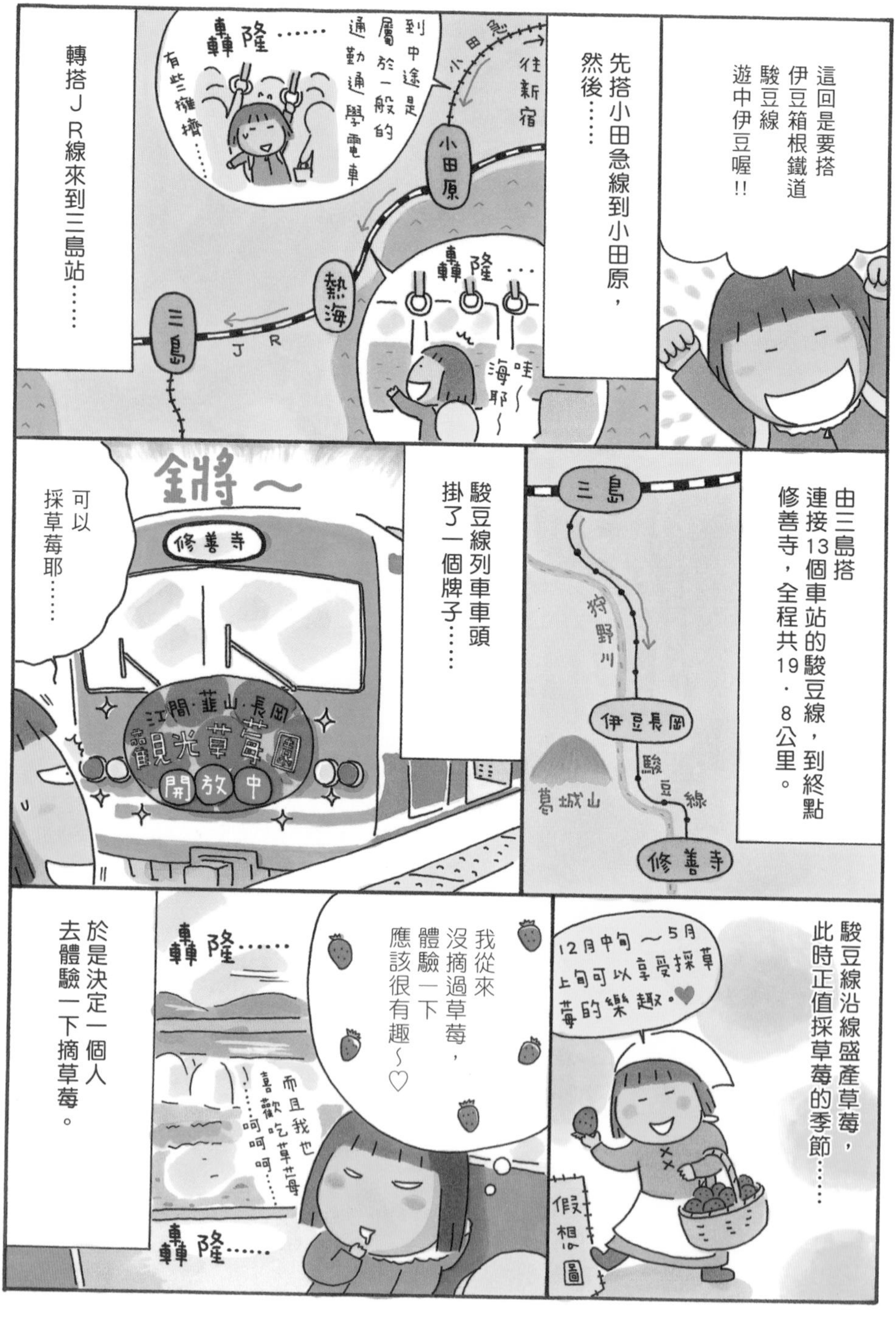
這回是要搭伊豆箱根鐵道駿豆線遊中伊豆喔!!
先搭小田急線到小田原，然後……
往新宿
小田急
小田原
熱海
三島
JR
到中途是屬於一般的通勤通學電車
有些擁擠……
轟隆……
轟隆…
哇～海耶～
轉搭JR線來到三島站……
由三島搭連接13個車站的駿豆線，到終點修善寺，全程共19．8公里。
三島
狩野川
伊豆長岡
駿豆線
葛城山
修善寺
駿豆線列車車頭掛了一個牌子……
鏘～
修善寺
江間·韮山·長岡
觀光草莓園
開放中
可以採草莓耶……
駿豆線沿線盛產草莓，此時正值採草莓的季節……
12月中旬～5月上旬可以享受採草莓的樂趣。♥
假想圖
我從來没摘過草莓，體驗一下應該很有趣～♡
而且我也喜歡吃草莓……呵呵呵
轟隆……
轟隆……
於是決定一個人去體驗一下摘草莓。

在伊豆長岡下車，然後在車站租了一輛自行車
いずながおか
伊豆長岡
IZUNAGAOKA
韮山
田京
你好，我想租一輛自行車。
好的
在中伊豆主要車站等都設有可以輕易租到自行車的「騎自行車遊中伊豆」租車處，方便大家遊走。
一天費用500圓!!
還拿到地圖和折價券
溫泉休息處
景點圖
騎自行車遊中伊豆
自行車出租處
這是招牌標誌★
目標的草莓園距車站有點遠，因此便騎自行車前往，可是……
高聳
哇喔，富士山耶~
咻~
這一天，天氣不錯，但風很大……
呼呼~
嗚……
我氣喘吁吁地奮力往前騎了約15分鐘……
來到一處名字也叫「江間」的觀光草莓園。
江間觀光草莓園
啊!!
看到了!!
在入口付完費……
嗯……1個人是……
1個人是1500圓
收費因季節而異

果園的人帶我到種有草莓的溫室。
有很多溫室
妳可以從那裡進去
人聲吵雜
這邊請~
好的
在溫室入口拿了煉乳……
不沾煉乳也就很甜了
熙熙
攘攘
哇~
多吃一點喔
接著開始摘草莓!!
哇喔♡好多草莓喔
放眼望去，好像只有我是一個人來摘草莓的，
大多是一家人前來……
哈哈
嘻嘻
果……果然……
可是一旦吃起草莓，便沉迷在草莓的美味中，根本顧不了那麼多。
好甜好好吃喔!!
狼吞
摘
特吃
大吃
摘
虎嚥
狼吞
大家在溫室裡相互交換各種草莓相關訊息……
這一排的草莓好好吃喔!!
前面那裡的比這裡甜喔
味道因地點有些微差異。
真的嗎!?
情報歐吉桑

時間限制30分鐘，心想得盡量多吃一點，於是卯足了勁拚命地吃……
虎嚥狼吞
大吃特吃
有生以來第一次吃這麼多草莓～♡
蒂
摘
沒想到才連續吃15分鐘就已經吃飽了。
謝謝……
嗝……
謝謝
提早退場
果蒂丟棄處
享受過摘草莓的樂趣之後，又騎上自行車前往伊豆長岡的溫泉街……
緩坡&強風……
嗚……
據說從這溫泉街附近的葛城山觀景公園可以清楚眺望富士山，然而……
富士山
哇
觀景公園
搭纜車約7分鐘
葛城山(452m)
令人遺憾的是，這天纜車因為強風停駛……
呼～
葛城山
因強風纜車暫時停駛
打擊
告示板
於是決定前往溫泉街裡的公共浴池「YURAKKUSU之湯」泡個溫泉。
YURAKKUSU
之湯
營業中
到了
MAP
嘰嘰～

這處公共浴池小巧簡單，有許多當地常客，不過……
入浴費350圓
5個人浴池就滿了
那家美容院怎麼樣啊？
那家啊喔～
但純淨微燙的溫泉水泡來身心舒暢，令我大呼過癮。
妳是第一次來嗎？從哪裡來的啊？
是的……我從東京來的。
喔～從東京喔～？
太吉啊，太田，
嘎啦
觀光客一下就會被認出來
然後買了溫泉饅頭當點心……
饅頭店比比皆是
元祖溫泉饅頭黑柳
黑柳
溫泉饅頭
嘿嘿嘿……
嚼
嚼
黑糖溫泉饅頭
回到伊豆長岡車站歸還自行車
伊豆長岡車站
嘿嘿嘿
結束自行車行程
嘍
嘍
接著又搭電車到終點站修善寺……
轟隆……
轟隆……
由修善寺搭巴士到也是今天下榻處的修善寺溫泉……
搭巴士約10分鐘
修善寺
修善寺溫泉

修善寺溫泉街情趣盎然，
也被譽為「伊豆小京都」……
哇～
好棒喔♡
河邊有一條竹林小徑，
充滿自然逸趣。
沙沙
沙沙
竹林小徑
哇～
到位於溫泉街中心的
修善寺參拜……
叮噹～
這座寺廟每周二舉辦有坐禪會，
我預定明天過來參加。
每周二上午九點半開始坐禪與說禪
周二參禪會
自由參加　意者請洽櫃台
有生以來
第一次參加坐禪，
好緊張喔!!
※今天是星期一
這時肚子突然餓了起來……
啊
咕嚕～

想想……
中午只吃了草莓和溫泉饅頭而已。
現在好想吃些味道香濃的東西……
張望
四下
咕嚕
咕嚕
於是來到寺廟旁的餐廳……
支那蕎麦麺
食堂 湯川
麦 麺
好肚子餓喔
健康美味黑米炒飯
咕嚕
咕嚕
今天去飯店只住宿不用餐，因此就在這裡吃晚餐，雖然時間還有點早……
好好吃喔!!
很符合現在的身體需要
滋
用修善寺特產的黑米
黑米炒飯
KIRIN BEER
飯後，到飯店辦理入住手續……
修善寺飯店
嗶
這家飯店還有鑿岩壁而成的洞窟式溫泉，感覺很不可思議……
享受過這種別致的溫泉……
好厲害喔!!
為了明天的坐禪，早早就寢……
呼～

第二天早上──
啾……
啾……
穿過竹林小徑……
沙沙
沙沙
來到修善寺體驗坐禪。
忐忑不安
先辦理報名手續……
你好，我想參加坐禪……
好的…
請寫上您的姓名住址
到後面的等候室一看，已經有約20名參加者聚集在此。
啊……大家早
嘎啦
早
今天好冷喔
嘻嘻哈哈
參加者似乎都是固定每周前來參加的地方人士……
妳是第一次參加嗎？
嗯……是的，我是從東京來的。
呵呵來旅行的嗎？
對了，坐禪的時候要光著腳，妳最好先在這裡把襪子脫掉。
甚麼!?
怎麼辦，我穿的是連褲襪耶!!
這天天氣很冷，所以我在長褲下還穿了連褲襪禦寒……

我……是不是去洗手間脫掉比較好!?
唉呀呀……
今天確實很冷……
嗯……跟他們說明一下，應該就可以了~
問題是妳穿那樣不冷嗎？
看妳穿得很少耶……
旅行途中要是感冒那可就糟了，妳還是別勉強，腿上蓋件大衣比較好喔。
唉呀呀
禪堂裡面是很冷的……
這個也借給妳披在肩上……
今天第一次參加的人這裡來……
信眾到
大家人都好好喔……
第一次參加的人先被叫進佛堂……
坐禪，並非是要有所求……
只要心無雜念默默地一直坐著就好了……
這天第一次參加的人是我和另一位小姐。
學了基本的坐禪方法之後……
把左手放在右手上面，大拇指相對……
稱為法界定印
這時候兩隻拇指要稍微分開，不要靠得太近……
大師也允許我穿著連褲襪……
對……對不起，我可以穿著連褲襪嗎？
……
臉紅~
這個臉……不好
可以，沒關係的。
終於要進禪堂了……
撲通
撲通
絡繹不絕
走路時手的姿勢是左手握拳，右手覆上，稱之為叉手。

進禪堂時
請由左腳先進。
撲通
撲通
撲通
這之後，由於緊張過度
記憶變得模糊不清，
但依稀記得牆邊擺了
一長排座墊……
宛如祭壇一樣
撲通
撲通
參加者各自面對牆壁，
開始坐禪……
撲通
撲通
雖然穿得比其他人多，
但這天禪堂裡果然很冷……
肩膀放鬆
嚇
借來的
大衣
褲襪
加上緊張，不由得聳著肩膀。
糟糕糟糕……
對了
這種時候要深深
吸一口氣……
儘管是第一次坐禪，
但以前學過
一點瑜伽，
做過冥想……
像這樣
然後慢慢吐氣，
放鬆……
吸～
呼～
心無雜念……
專心致志……
※坐禪時，眼睛要睜開，看斜下方。
這時……
嚇
砰～
啊

啊……我都給忘了……坐禪還有棒喝咧……
砰—
喝斥!!
假想圖
撲通
撲通……
撲通
(聲音又大又響)
很想看看棒喝的樣子，但我的視野只有眼前這一小塊地方
砰—
嚇
哎喲，又來了!?
現在……現在我後面
怎……怎麼辦好可怕喔……我可不想被打!!
撲通
撲通
撲通
不……不要動可是也不要緊張!!
ㄎㄨㄥ～
30～40分鐘後結束的鐘聲終於響起……
大家對坐誦經之後……
回到先前的那個房間，聆聽佛法……
人畢竟是好逸惡勞的動物
哈哈哈
哇哈哈
氣氛和諧愉快
體驗坐禪到此結束……
謝謝～
告辭了
共約2個小時

回去的時候，和同樣是第一次參加的那位小姐聊了一下……
坐禪的時候好擔心自己會不會被打肩膀喔～
喔，那個啊？
不知道甚麼時候會輪到自己…
聽說那個還分2種，有時是姿勢不好被打的。
有幾次坐禪的經驗。
也有自己要求的，希望藉此振奮精神。
如果做出暗示，就會得以棒喝。
今天的大概是後者居多吧～
啊……原來如此
如果在打瞌睡，當然是另當別論囉。
我剛才真的好緊張喔……
雖然離「空」的境界還很遙遠……
可是整個人覺得神清氣爽♡
好舒暢!!
這時……
啊!!
咕嚕～
肚子也機靈地達到「空」的境地，因此去了附近一家蕎麥麵店……
蕎麥麵店
蕎麥・山藥
四季紙
修善寺
蕎麥麵店
四季紙
咕嚕～
咕嚕～
吃熱蕎麥麵，喘口氣……
好幸福喔
山藥泥飯
300圓
香菇蕎麥麵
850圓

午餐之後在附近散散步……
源賴家的墓耶~
阿彌陀佛……
源賴家之墓
指月殿
母親北条政子為祈求源賴家的冥福所建。
然後到溫泉休息處筥湯……
泡溫泉泡溫泉
筥湯
入浴費350圓
據說源賴家是在此地的溫泉入浴時……
呼檜木的味道……
被刺客襲擊暗殺的……
泡溫泉泡得正舒服時被暗殺，真是太可憐了……
呆~
一邊胡思亂想，一邊慢慢地泡溫泉……♡
結束修善寺觀光的我，還惦念著在車站發現的一個東西……
暖呼呼
暖呼呼
轟隆……
那就是昨天發現的竹筴魚壽司車站便當……
伊豆修善寺名產車站便當
竹筴魚壽司
看起來好好吃喔!!
得意佳餚
本日已銷售完畢
昨天已經賣完
想今天一定要買回去，不料……
啊

可惜這天公休……
しゅぜんじ
修善寺
竹筴魚壽司
本日公休
泣
泣
啊～
今天也是搭伊豆箱根鐵道駿豆線踏上歸途，不過……
車轆隆……
車轆隆……
望著恬靜的車窗外，我突然想起一件事……
車轆隆…
……
車轆隆……
伊豆GURI茶
抵達終點三島後，連忙前往……
三島車站
GO!!
噠
那就是鰻魚店!!
蒲焼　本町　鰻吉
本町鰻吉
蒲焼
哇喔～
飄香～
鰻魚是三島的名產!!
好香喔～
小闊一下享受美味的鰻魚丼飯，彌補沒吃到竹筴魚壽司的遺憾……
鰻魚丼飯　2300圓
豐盛
然後又搭普通列車回到東京。
車轆隆……
熟睡～
車轆隆……

去摘草莓囉!!

GO!!

嘿嘿嘿
現摘的～♡

嗯……

旅行回憶
寫真館

LOVE……♡

餃子&啤酒

伊豆的GURI茶有一點點甜♡

下榻飯店的
洞窟溫泉

泡完溫泉後來瓶
牛奶呼～

洋溢著江戶時
代氛圍的筥湯

充滿恬靜日式風情的修善寺溫泉街

啪！（拍肩膀的聲音）

洗手的地方也是溫泉，很暖和♡

三島的鰻魚真好吃!!

三島車站附近的公園「樂壽園」

有許多復古風的遊具♡

我也在裡面喔♡

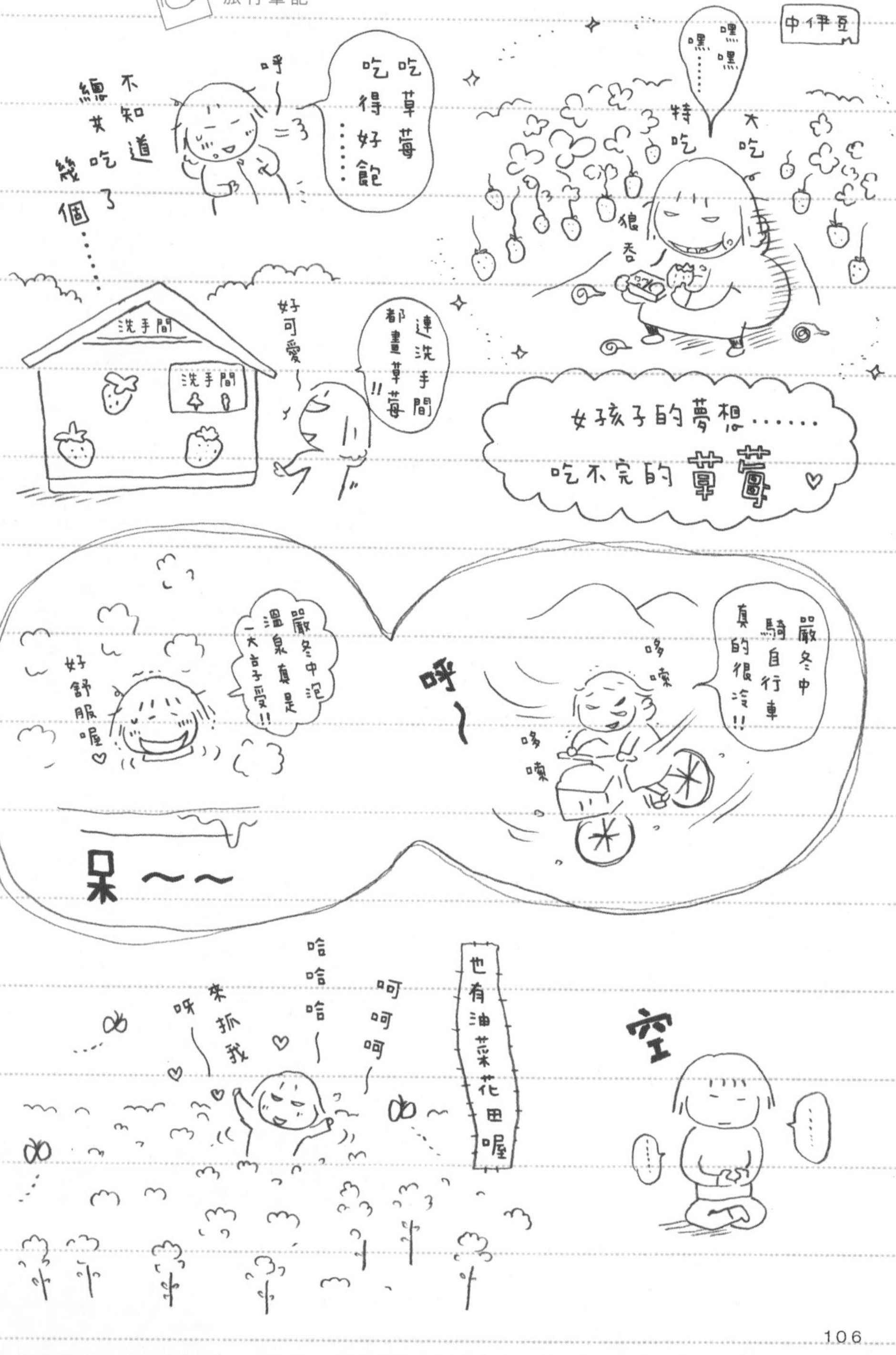
中伊豆
嘿嘿嘿嘿……
大吃特吃
狼吞
不知道總共吃了幾個……
呼～
吃草莓吃得好飽……
洗手間
洗手間
好可愛～
連洗手間都畫草莓!!
女孩子的夢想……
吃不完的草莓♡
好舒服喔♡
嚴冬中泡溫泉真是一大享受!!
呆～～
呼～
嚴冬中騎自行車真的很冷!!
哆嗦
哆嗦
呀
來抓我
哈哈哈～
呵呵呵
也有油菜花田喔
空
……
……

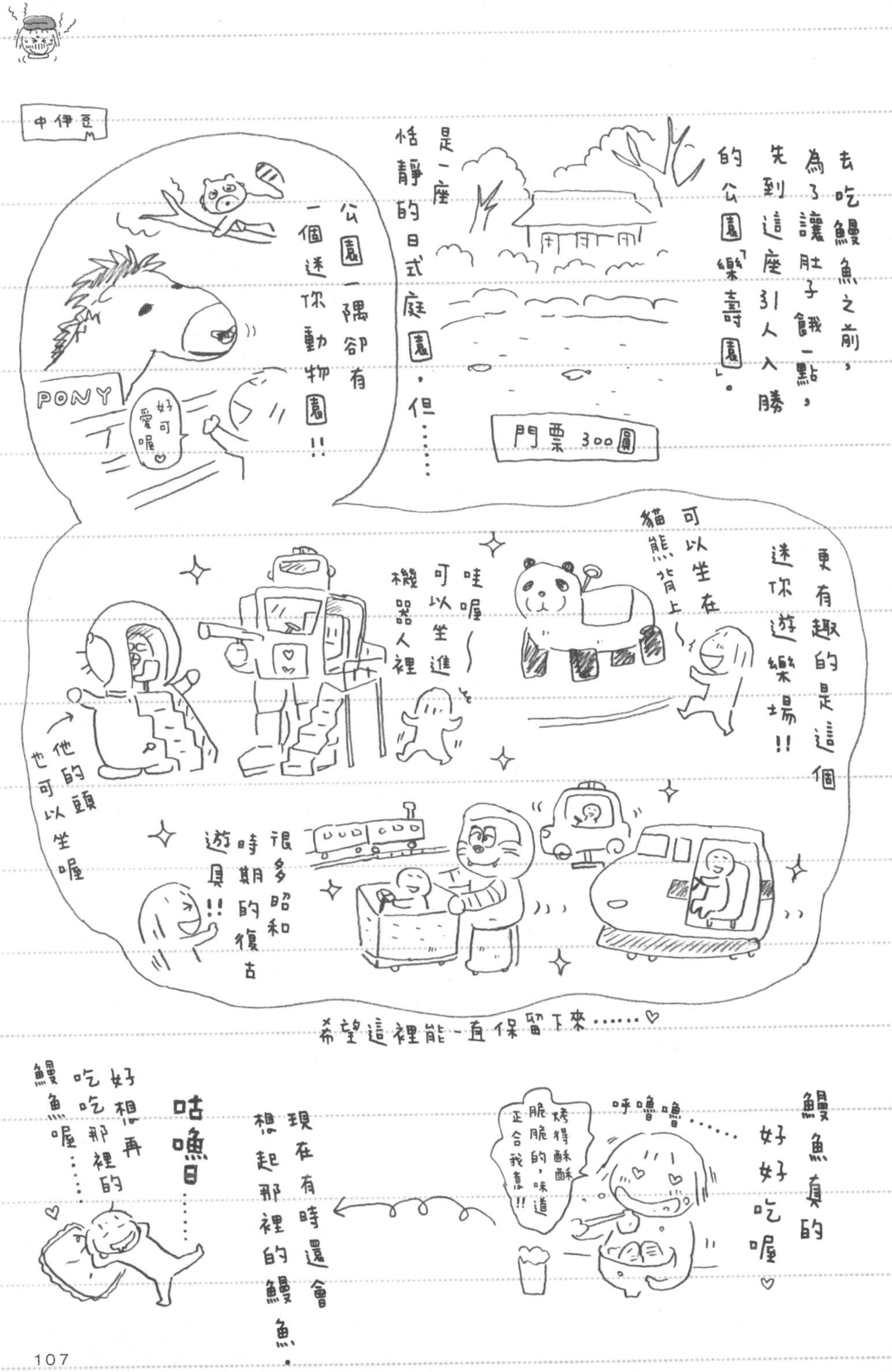
中伊豆
去吃鰻魚之前，為了讓肚子餓一點，先到這座引人入勝的公園「樂壽園」。
門票 300圓
是一座恬靜的日式庭園，但……
公園一隅卻有一個迷你動物園!!
PONY
好可愛喔♡
更有趣的是這個迷你遊樂場!!
可以坐在貓熊背上～
哇喔～可以坐進機器人裡
他的頭也可以坐喔
很多昭和時期的復古遊具!!
希望這裡能一直保留下來……♡
鰻魚真的好好吃喔♡
呼嚕嚕……
烤得酥酥脆脆的，味道正合我意!!
現在有時還會想起那裡的鰻魚。
咕嚕……
好想再吃吃那裡的鰻魚喔……♡

靜岡完結篇

嚴冬中旅行真的很冷，但也因此更能體會溫泉的暖意，不知不覺間就泡得過久。

第一次體驗坐禪，雖然讓我緊張萬分，但畢竟是一次難得的經驗……。儘管對滿腦雜念的我而言是一件很困難的事，但據說一旦達到「空」的境地則是心曠神怡，好似遨遊宇宙一般。真是意境深奧啊。

旅途中寒冷的氣溫正可令人精神振奮。

來回交通費	2,800圓
當地交通費	1,510圓
住宿費	8,000圓
飲食費	6,290圓
入浴費	1,000圓
其他	2,300圓
共計	21,900圓

LOCALLINE&ONSENHITORITABI*2009.1*
此次旅行的費用
21,900圓
東京⟷伊豆
一夜住宿

➡DATA
●修善寺
靜岡縣伊豆市修善寺964
☎0558-72-0053
http://www.shuzenji.jp/
●修善寺蕎麥麵店 四季紙
靜岡縣伊豆市修善寺3465-1 湯之宿
☎0558-72-1178
http://www.shikishi.jp/
●YURAKKUSU之湯（湯らっくすのゆ）
靜岡縣伊豆之國（伊豆の国）市長岡157-5
☎055-948-0766
●筥湯
靜岡縣伊豆市修善寺924-1
☎0558-72-5282
●伊豆箱根鐵道株式會社
☎005-977-0010（業務管理部宣傳課）
（業務管理部廣報課）
http://www.izuhakone.co.jp/
●江間觀光草莓園
（江間いちご狩りセンター）
靜岡縣伊豆之國市北江間563-7
（静岡県伊豆の国市北江間563-7）
☎055-948-1115
http://www.izu.co.jp/~emaitigo/
●YUTORIAN修善寺飯店
（YUTORIAN修善寺ホテル）
靜岡縣伊豆市修善寺3431
☎0558-72-2033
http://www.shuzenjihotel.com/

搭月光長良號深夜出遊！
青春18車票 大遷徙之旅

岐阜・富山・石川篇

這回要乘坐眾所皆知的，可無限搭乘JR線普通・快速列車的青春18車票，努力跑很多地方泡很多溫泉!!
哇~
青春青春!!
青春18車票
首先搭乘青春18車票也適用的夜行列車月光長良號，前往岐阜。
主要停靠站
東京
橫濱
小田原
静岡
豐橋
名古屋
岐阜
大垣
23:10出發
翌晨6:52抵達
月光長良號
由於是座位式的夜車，有點擔心旁邊不知會坐甚麼樣的人……
客滿……
吵雜
人聲
旁邊如果坐這樣的人，那就慘了—
哇哈哈
哎喲
結果，旁邊坐的是三個看似純樸的男生，姑且放了心。
也有許多女性乘客和老年人
哇~
那天考試……
呼
附帶一提的是，乘車時除了青春18車票以外，還需要好幾種車票。
青春18車票 5日分11500圓
……的1日分 (2300圓)
&
凌晨零點以後小田原的乘車券
東京→小田原 1450圓
&
月光長良號指定席券 東京→豐橋 510圓
※豐橋以後路段變成自由席。
真的是名副其實在月光中出遊……
轟隆
轟隆

這回要轉很多車，但天氣似乎欠佳，能否順利完成行程實在令人擔憂……
努力安排的行程表
第2天
第1天
好擔心喔……
想先好好睡一覺，但生性敏感的我在夜車上很難入眠……
不熄燈，以防宵小
轟隆……
呼嚕~
嗯……
呼嚕~
呼~
茶
轟隆……
列車中途停靠站時，有時會停靠很久，於是下車伸展一下筋骨……
SUZUOKA
靜岡
阿部川
東靜岡
凌晨2點的靜岡車站……
去洗手間
也有人吃東西充飢等……
呼嚕~
月台上有人在拍攝列車……
嗯~
天漸漸亮了……
轟隆……
下一站是名古屋~
轟隆……
迷迷糊糊
轟隆……
凌晨6點28分在終點前一站的岐阜下車。
GIFU
岐阜
西岐阜
木曽川
到了~!!
但又得連忙轉搭高山本線
富山
高山
JR高山本線
下呂
岐阜
今天的最後目的地是高山本線的終點站富山。

搭夜行列車跑了那麼遠，
但今天一天還可以有效利用
同一張青春18車票，真是划算♡
呵呵呵……
青春18車票
你真是太好用了……
出了岐阜車站，
原本充滿通勤通學氣氛的列車
行駛了一會之後，窗外景色變成
山水交融的綺麗風光。
轟隆……
轟隆……
哇喔～
在岐阜車站買的飯糰
乘坐這列車約2小時後……
下呂
燒石
禪昌寺
GERO♪
天下三大名泉
下呂溫泉
在以溫泉聞名的
下呂中途下車。
8:44抵達
立刻前往
溫泉休息處……
露天浴池
嘿嘿嘿……
早上泡溫泉
從早上8點開始營業的
露天浴池
KUAGARDEN
被譽為日本三大名泉之一的
下呂溫泉泉水滑潤，滋養皮膚……
呆～
洗完後又接著去另一家溫泉，
搭夜車的疲勞也一掃而空!!
白鷺乃湯
哇～～♥
和KUAGARDEN
是聯票組合
入浴費700圓

享受過溫泉之後，要繼續趕往下一站囉!!
下一站要去高山!!
飛驒下呂茶
……然而由下呂站起，普通列車的班次非常少，因此……
小闊一下，從這裡改搭不能用青春18車票的特急列車
轟
特急 WIDEVIEW 飛驒
下呂→高山 1580圓(約45分)
11:28出發
神閒氣定地抵達了高山站，不料這裡正如氣象預報所說的下著雨……
高山車站
12:13 抵達
哇～
嘩啦
儘管下著雨，但古代城堡城市氛圍濃厚的高山街景仍令人發思古之幽情……
三町古街
飛驒牛握壽司
豆腐料理
紅豆年糕湯 甜酒
喔～
小奢一下吃飛驒名產朴葉味噌定食當午餐
味噌和酒真對味～
Asahi
1100圓
然而，雨實在太大了，於是到高山Green飯店附設的飛驒物產館避難
室內
高山名產商店街
飛驒物產館
哎喲
嘩啦

館內寬敞，
販售有各種飛驒名產……
器
熙熙
饅頭
手烤仙貝
高山拉麵
飛驒咖哩
飛驒の酒
筷子
攘攘
地方酒
地方酒
味噌
味噌
給自己買了一個猿寶寶
（Sarubobo）
猿寶寶專區
飛驒
飛驒
飛驒
好可愛
Sarubobo……
高山方言「猿寶寶」的意思，
是一種淵源已久的鄉土童玩，
同時也是一種吉祥物。
享受過飯店裡的溫泉之後
不愧是飯店裡的溫泉♡
豪華氣派
入浴費1000圓
（附毛巾）
15:55出發
又繼續搭列車
前往下一個目的地……
轟隆……
轟隆……
再悠哉地坐個約2小時20分，
應該就可抵達今天的下榻處
富山，不料……
轟隆……
寶寶……
下呂茶
行駛到約行程一半的豬谷站時……
現在因富山方面
強風吹襲，
本列車將暫停行駛。
甚麼
竟然碰到列車停駛!!

於是，我和搭同一列車往富山方面的旅客們暫時在豬谷車站等候……
約20人……
怎麼辦……
不要緊的啦～
……
不安
高山
喂喂～
傷腦筋～
豬谷是坐落在岐阜縣和富山縣交界的山間小站……
喀噠
喀噠
呼～
呼～
哎喲～
風真的好大……
站內偶爾會有廣播，但何時能重新上路，似乎仍是個未知數……
根據預報，此強風將持續到晚上9點，此外公司方面尚未決定是否調度巴士接駁旅客。
呼～
甚麼
晚上9點!!
有些人乾脆往回坐……
反方向的列車正常行駛
算了，我們坐回去高山好了!!
我也要～
唉呀呀……
但……我決定繼續等些時候看看，
天色越來越暗
可是如果列車一直停在這裡不動，怎麼辦……
也沒帶甚麼吃的東西，而且這附近好像也沒地方可住……
目標
COFFEE
玉米
可樂
茶
自動販賣機有賣玉米濃湯……
我該不會要睡車站吧
呼嚕～
呼嚕～
濃湯
撲通
撲通

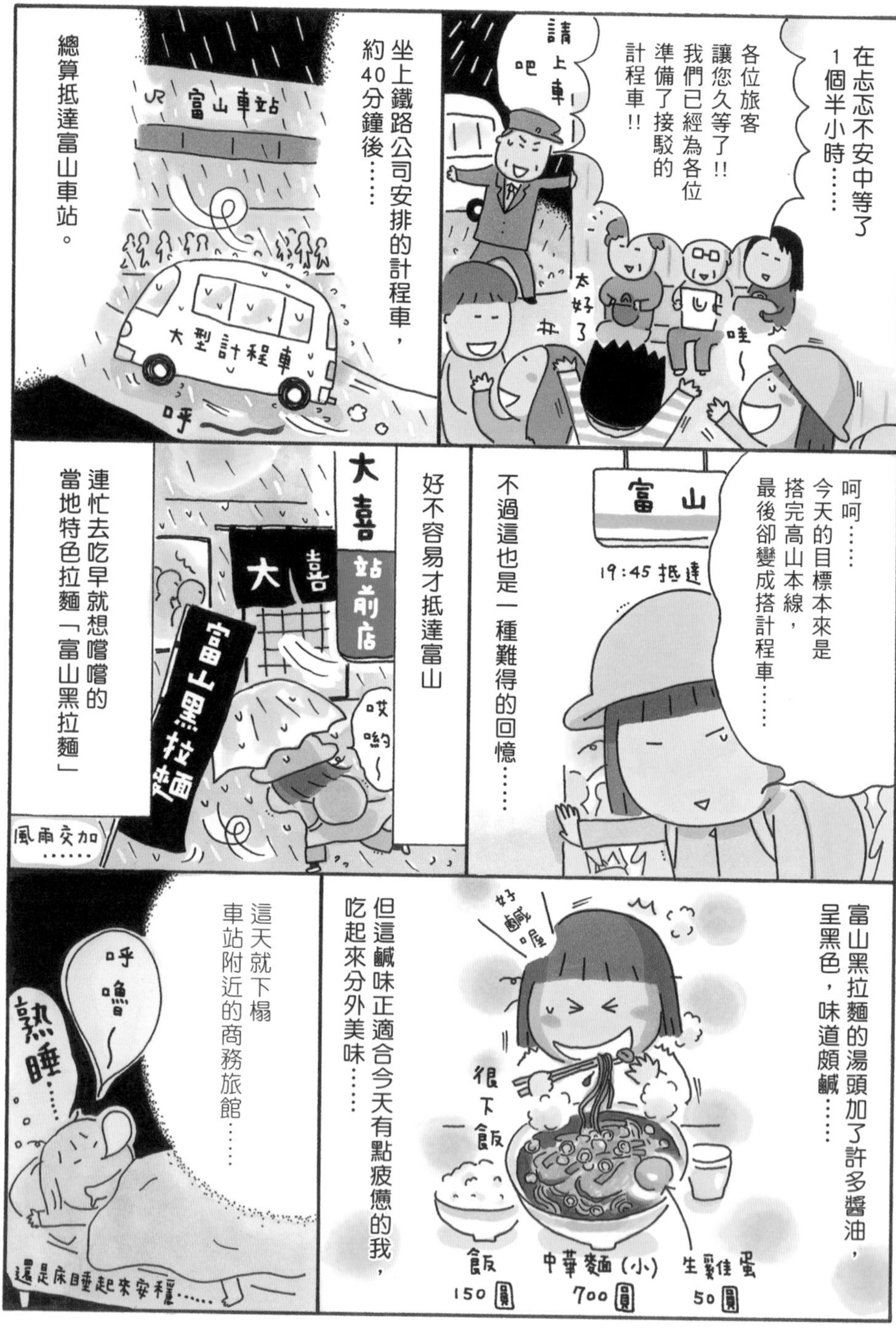

在忐忑不安中等了1個半小時……
各位旅客讓您久等了!!我們已經為各位準備了接駁的計程車!!
請上車吧
太好了
哇～
坐上鐵路公司安排的計程車，約40分鐘後……
JR 富山車站
大型計程車
呼～
總算抵達富山車站。
富山
19:45抵達
呵呵……今天的目標本來是搭完高山本線，最後卻變成搭計程車……
不過這也是一種難得的回憶……
好不容易才抵達富山
大喜
大喜
站前店
富山黑拉麵
哎喲～
連忙去吃早就想嚐嚐的當地特色拉麵「富山黑拉麵」
風雨交加……
富山黑拉麵的湯頭加了許多醬油，呈黑色，味道頗鹹……
好鹹喔
很下飯
飯 150圓
中華麵(小) 700圓
生雞蛋 50圓
但這鹹味正適合今天有點疲憊的我，吃起來分外美味……
這天就下榻車站附近的商務旅館……
呼嚕
熟睡……
還是床睡起來安穩……

第二天早上天氣依然欠佳……
嘩啦～
JR富山車站
不過今天還是要用青春18車票跑很多地方！
車站便當
呵呵呵……為了避免重蹈昨天那種列車中途停駛沒東西可吃的命運……
不忘買了便當應急才出發!!
鏘將～防災食品
富山名產鱒魚壽司
青春18
今天預定除了搭火車也要搭巴士繞一下富山～石川，來個大冒險（對我而言啦）！
預定路線
和倉溫泉
七尾
巴士
七尾線
冰見
冰見線
START
北陸本線
高岡
富山
金澤
GOAL!! 最後由小松機場回東京
小松
石川
富山
先由富山車站前往高岡……
轟隆……
轟隆……
9:21出發
這回我最期待的是由這裡開起搭乘的「冰見線」
原因是……
高岡
高岡～
歡欣
雀躍
9:36抵達

這條冰見線行駛有「忍者哈特利列車」!!
伏木冰見方面
FOR：FUSHIKI HIMI
鏘——!!
冰見
ワンマン
哇~♥
哈……哈特利♡
※僅於星期六日例假日等特定日行駛，班次有限。(須預先確認時刻表)
為甚麼會有哈特利列車行駛呢？據說原因是作者藤子不二雄Ⓐ乃冰見市出身……
列車內也有很多漫畫人物
獅子丸
哇~獅子丸耶♡
哈哈
獅子丸的粉絲
而哈特利和我是三重縣同鄉。
三重縣伊賀人
天花板上也有
同鄉紀念照
嘿嘿嘿
一二三……
忍忍
列車就在一片興奮中開動了!!
轟隆……
轟隆……
喋喋不休
當地的學生也如常地搭乘這列車。
10:16 出發
車內還有哈特利的導覽解說
我是忍者哈特利，將陪伴各位一起搭乘本班列車到達終點「冰見」
轟隆……
哇~♥
轟隆……

冰見線連接8個車站，行程約30分鐘，途中富山灣一覽無遺……
冰見
富山灣
冰見線
高岡
據說天氣晴朗時還可望見壯麗的立山連峰，可是……
運氣好的時候，右後方可看見立山連峰……
哈特利的廣播
取自旅遊書上的照片
天氣欠佳的今天當然甚麼也看不見
今天的情形如何呢？
轟隆……
轟隆…
嗚嗚……哈特利，今天看不見啊……
儘管如此，還是轉眼間愉快地抵達終點。
JR 冰見
ひみ Himi
島尾
冰～見～♡
10:43抵達
哇～車站上也有哈特利們耶!!
一長排～
影千代
忍者哈特利
信三
獅子丸
煙卷
藤子不二雄Ⓐ漫畫展
哈哈影千代耶!!
接著冒著雨由車站開始步行……
健康
中藥
商店街上也有許多漫畫中的人物。♥

去看了在冰見市潮風畫廊舉辦的漫畫展，看忍者哈特利看得很過癮♡
♫
藤子不二雄Ⓐ
漫畫展
然後，走到附近的巴士站準備搭車前往下一個目的地……
好有趣喔～
巴士
冰見中央
這次旅行要利用各種交通工具跑很多地方，其中我認為最大的難關當屬這裡。
在富山和石川兩縣交界處必須換一次公車……
和倉溫泉
七尾
石川
富山
在這一帶換車
冰見
※ 班次也非常少
那裡不是巴士總站，而是一處孤立在海邊的站牌……
很擔心自己能否順利完成如此高難度的換車……
沒有巴士～
脇
12:05 出發
不安
忐忑
巴士沿著恬靜的海濱公路往前直駛，完全無視我的不安……
啊，雨停了
轟～
我在終點站「脇」下車。
12:27 抵達
脇
巴士
轟隆隆
呼～
只有我一個人下車……

巴士站非常不起眼，不由得擔心
在這裡真的能轉車跨縣嗎？
但是……
嗯……
20分鐘後
會有開往
七尾的巴士
巴士
脇
下車時
確定會有巴士過來，姑且放了心♡
這時天竟然放晴了!!
哇喔~
這是這次旅行
第一次出太陽
耶!!
真是奇蹟
眼前就是海!!
於是利用等巴士車的時間，
打開先前在富山車站買的
鱒魚壽司，在海邊野餐……
真是一趟
很棒的……
一個人旅行♡
大吃
大嚼
茶
鱒魚壽司
嘩啦~
嘩啦~
呱~
呱~
呱~
有陌生人~
巴士也準時開來……
七尾車站
巴士
脇
轟隆隆……
來了~
12:50
出發
一邊眺望沿海美麗的景致……
轟~
呵呵呵……
搭巴士旅行也不錯耶~♥
中途上來了一些人

順利抵達七尾車站。
13:30抵達
JR 七尾車
哇～♪
成功轉乘巴士，順利通過最大難關，令我百感交集……
嗚嗚……天下無難事只怕有心人!!
感從中來
這時又下起雨來……
?
難得來到這裡，決定再走遠一點，搭15分鐘巴士前往和倉溫泉
轟～
和倉溫泉
STEPBUS
並先在和倉溫泉的公共浴池泡一會兒澡。
公共浴池
泡澡!!
泡澡!!
水有點燙，泡起來更是全身暖呼呼……
水
也有露天浴池
呼～♥
入浴費480圓
由於上面寫著「可以飲用」，於是嚐了一口，不料味道鹹澀夾雜，難以形容。
可以飲用
咳～
而且很燙……

儘管這次旅行沒有特地去觀光
只有洗溫泉，但享受過和倉溫泉之後……
巴士
和倉溫泉
呼～
暖呼呼
暖呼呼
泡完溫泉後，汗水流個不停
回程由和倉溫泉站
搭乘七尾線南下……
和倉溫泉
七尾
能登鐵道
JR七尾線
往金澤小松
轟轟隆……
轟轟隆……
小松
15:50出發
本來想在金澤中途下車，
吃頓晚餐……可是……
下一站是金澤～
轟轟隆……
轟轟隆……
畢竟有點累，
結果就睡著了……
最後是連搭2個小時的電車，
一口氣抵達小松車站
小松
こまつ komatsu
小松～
耶～
18:01抵達
比預定時間提早抵達小松機場，
於是在機場內的餐廳悠閒地
喝喝啤酒……
今天一切順利，真是太好了……
呼～
醬油醃魷魚
烏龍涼麵
回程就搭飛機直接回到東京。
轟～
呼～

這是必須的3張車票……

造型磁鐵上是岐阜的鸕鶿捕魚景象。

努力擬了行程表……

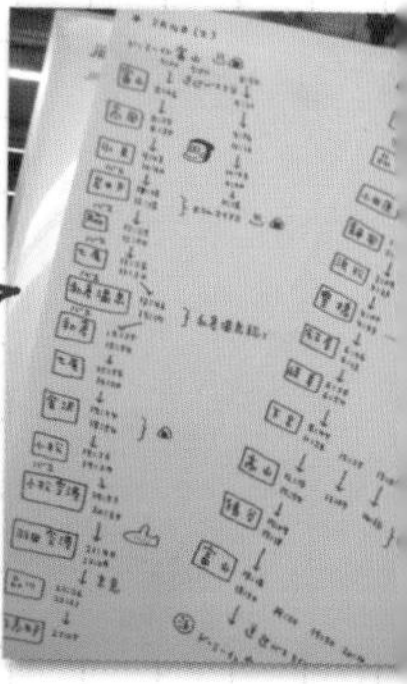

下呂的KUAGARDEN

Gero ge~ro♫ 真是好湯啊 gero~♡

純日式且健康的午餐(附啤酒)

旅行回憶
寫真館

雨中的飛驒高山也頗有情趣。

令人沮喪的天氣……

猿寶寶♡

冰見的街上有很多忍者哈特利!!

富山的黑拉麵

放晴了!!

nintomo kantomo ninnin ninnin

老哥!!

在機場吃小卷!!

嗝~♡

在海邊吃鱒魚壽司!!

青春18
出發前……
哎喲～
了天
都～
在強烈的冷鋒和低氣壓～
一週天氣預報
北陸地區
每逢青春18車票熱賣季，月光長良號都大受歡迎!!
要買指定席車票請盡早……
一個月前開始發售
深夜在鐵路上工作的人們……
呼嚕～
呼嚕～
辛苦了
在深夜的停靠站上也有鐵道迷的蹤影。
從月台的那一邊指吧!!
喀嚓
喀嚓
喀嚓
停車時間只剩10分鐘～
好有活力喔
在高山也參觀了「高山陣屋」
→江戶時代郡代、代官治政的地方。(觀光景點)
宏偉氣派……
可是以前的房子好冷喔
哆嗦
哆嗦
很想再延伸腳程前去白川鄉。
世界遺產
合掌式建築

青春18
在冰見聽關於藤子不二雄Ⓐ先生的經歷介紹時……
Ⓐ先生出生於冰見的某寺廟，之後搬到高岡市……
原來他是寺廟住持的小孩啊～
在高岡的小學認識了B先生
呵呵呵
之後和B先生一起到了東京，以藤子不二雄的……
喔……B先生!?
應該是F……（不敢追問）
在潮風畫廊發現了忍者哈特利的扭蛋機器!!
類似鑰匙圈的東西，裡面還收錄有各種卡通人物的台詞語音
忍者哈特利 語音匣
共有6種
哇～好想要一個獅子丸的鑰匙圈♡
主人
嗚……
結果出來的是影千代。
忍者哈特利
這次雖然沒去可是……
也有冰見溫泉喔
冰見烏龍麵
冰見咖哩
也有各種當地特色美食喔♡
旅行和天氣真是關係密切啊
哇喔～
在海邊遇放晴，真是高興得不得了。

岐阜・富山・石川完結篇

此次旅行原本計畫利用青春18車票，如年輕人充滿青春活力來趟大遷徙之旅!!

但已經老大不小，因此不方便時有時也搭特急，回程就搭飛機一口氣回到東京，稍微奢侈（？）一下。

天氣一直欠佳乃美中不足之處，但總算順利完成這趟旅行，這樣的行程也不失趣味。成人也可以利用青春18車票，真的很划算。

青春18車票(2日分)	4,600圓
當地交通費	23,380圓
住宿費	6,500圓
飲食費	5,780圓
入浴費	2,180圓
其他	620圓
共計	43,060圓

LOCALLINE&ONSENHITORITABI*2009.3*
此次旅行的費用
43,060圓
東京⟷岐阜～石川
二夜住宿

➡DATA
●JR冰見線「忍者哈特利列車」
☎076-251-5655（JR西日本北陸客服中心）
http://www.jr-odekake.net/navi/hattorikun/
●冰見市潮風書廊（氷見市潮風ギャラリー）
富山縣冰見市中央3-4
☎0766-74-8011（冰見市企劃宣傳室）
http://www.city.himi.toyama.jp/hp/page000001700/hpg000001635.htm
●和倉溫泉公共浴池（和倉温泉総湯）
石川縣七尾市和倉町WA5-1
☎0767-62-2221
http://www.wakura.co.jp/
●KUAGARDEN露天浴池
岐阜縣下呂市湯之島894-2
☎0576-24-1182
http://www.gero.jp/museum/roten.html
●高山GREEN飯店
岐阜縣高山市西之一色町2-180
☎0577-33-5500
http://www.takayama-gh.com/
●西町大喜 富山站前店
富山縣富山市新富町1-3-8
☎076-444-6887

目標日本最北端的車站！
北海道泡湯之旅

北海道篇

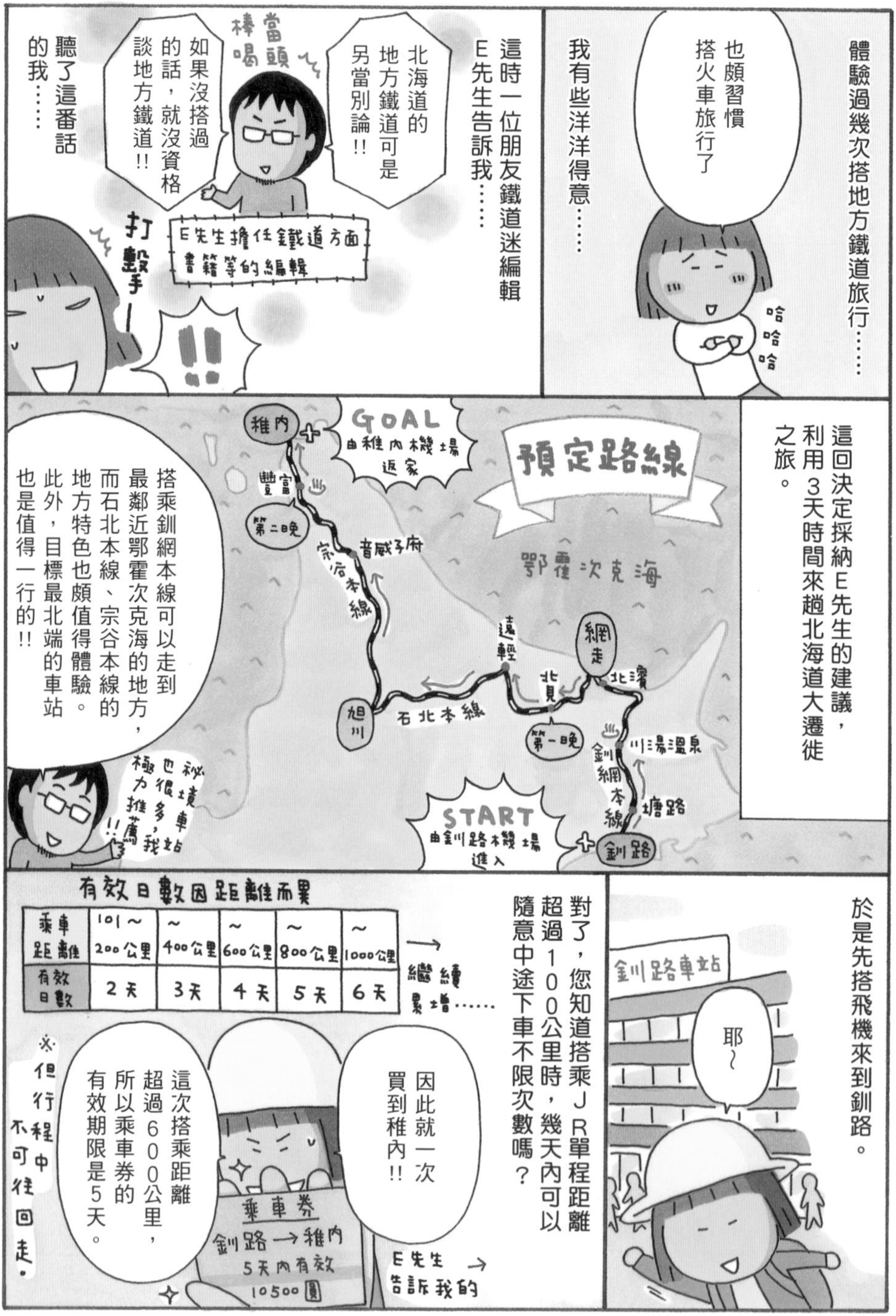
體驗過幾次搭地方鐵道旅行……
也頗習慣搭火車旅行了
哈哈哈
我有些洋洋得意……
這時一位朋友鐵道迷編輯E先生告訴我……
北海道的地方鐵道可是另當別論!!
當頭棒喝
如果沒搭過的話，就沒資格談地方鐵道!!
E先生擔任鐵道方面書籍等的編輯
打擊—
!!
聽了這番話的我……
這回決定採納E先生的建議，利用3天時間來趟北海道大遷徙之旅。
預定路線
GOAL 由稚內機場返家
稚內
豐富
第二晚
音威子府
宗谷本線
鄂霍次克海
網走
遠輕
北見
北濱
旭川
石北本線
第一晚
川湯溫泉
釧網本線
塘路
START 由釧路機場進入
釧路
搭乘釧網本線可以走到最鄰近鄂霍次克海的地方，而石北本線、宗谷本線的地方特色也頗值得體驗。此外，目標最北端的車站也是值得一行的!!
祕境車站也很多，我極力推薦!!
於是先搭飛機來到釧路。
釧路車站
耶~
對了，您知道搭乘JR單程距離超過100公里時，幾天內可以隨意中途下車不限次數嗎？
有效日數因距離而異
乘車距離 | 101～200公里 | ～400公里 | ～600公里 | ～800公里 | ～1000公里
有效日數 | 2天 | 3天 | 4天 | 5天 | 6天
→繼續累增……
因此就一次買到稚內!!
這次搭乘距離超過600公里，所以乘車券的有效期限是5天。
乘車券
釧路→稚內
5天內有效
10500圓
E先生告訴我的→
※但行程中不可往回走。

首先搭乘「釧路濕地NOROKKO號」!!
NOROKKO號
NOROKKO號
於黃金周～10月左右行駛的
觀光小火車
冬天則改為「鄂霍次克浮冰NOROKKO號」
搭車前也很機靈地買了車站便當……
我要這個
好的
釧路名產
十勝牡丹餅
沙丁魚便當
在釧路車站有賣沙丁魚壽司便當，很好吃喔～
對車站便當也瞭若指掌
車站●便當
要上車時，發現……
釧路濕地NOROKKO號
10:56 出發
熙熙
攘攘
哇～
班請
排隊
這天有一群參加畢業旅行的學生要搭車，NOROKKO號乘客多得不得了!!
一個人搭這種活動專車，碰到人很多時……
本日的指定席票全部出售完畢
唉呀呀……
人真的很多耶……
膽小的我就會很緊張……
撲通
撲通
車站便當
人聲吵雜
不祥的預感果然應驗，我的座位是混在一群歐吉桑間……
這裡
哇哈哈
哎喲～
為了壯膽，先買了啤酒♡
車上販賣部
一……一罐啤酒……
好好的……
踉蹌
車站便當
哇哈哈
然後才到自己的座位去
對對不起，借過一下。
啊，好，好。
哈哈哈

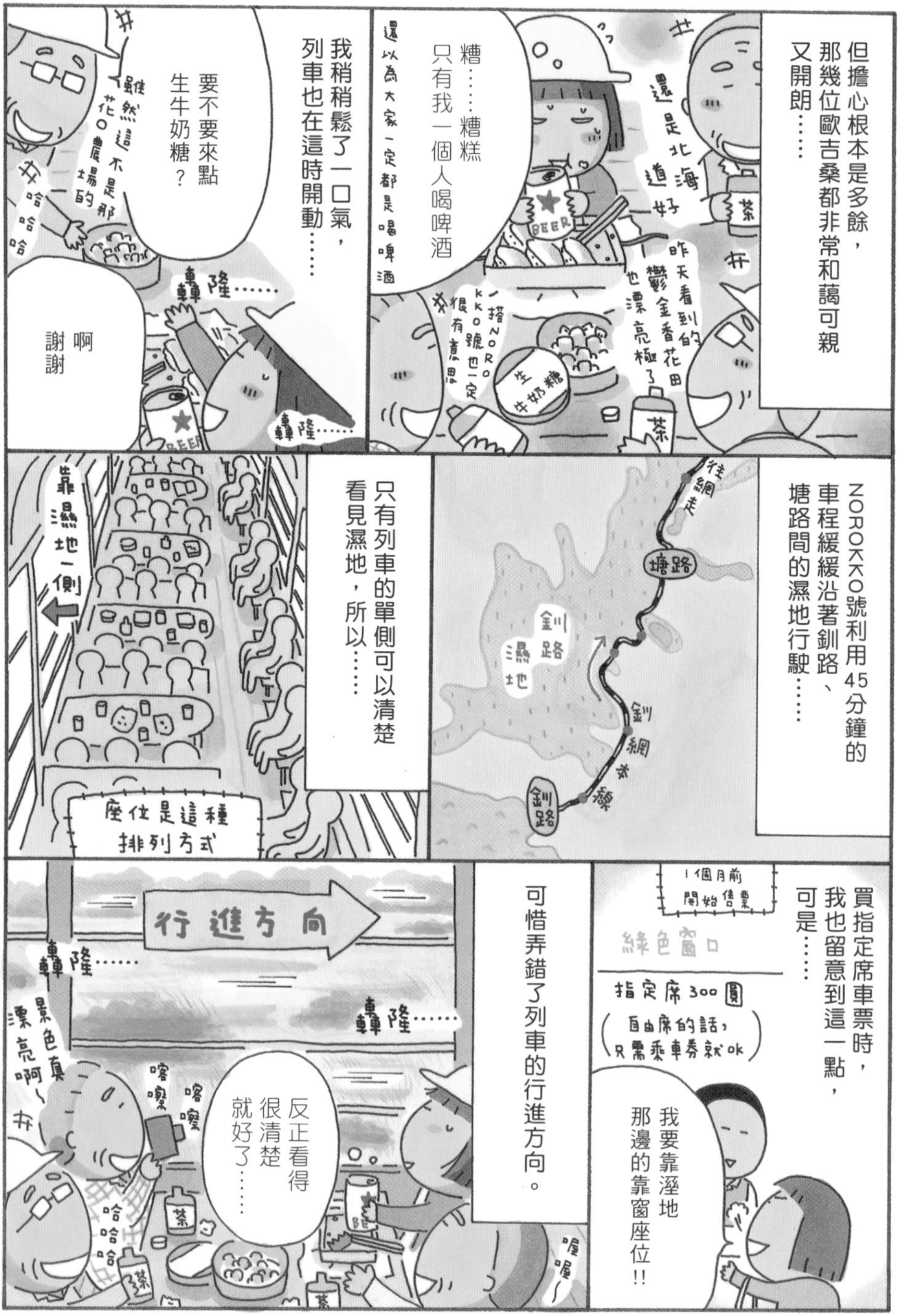

但擔心根本是多餘，那幾位歐吉桑都非常和藹可親又開朗……
還是北海道好
茶
昨天看到的鬱金香花田也漂亮極了
搭NOROKKO號也一定很有意思
生牛奶糖
茶
糟……糟糕 只有我一個人喝啤酒
還以為大家一定都是喝啤酒
BEER
我稍稍鬆了一口氣，列車也在這時開動……
雖然這不是那花O農場的
要不要來點生牛奶糖？
哈哈哈
轟隆……
啊 謝謝
轟隆……
NOROKKO號利用45分鐘的車程緩緩沿著釧路、塘路間的濕地行駛……
往網走
塘路
釧路濕地
釧網本線
釧路
只有列車的單側可以清楚看見濕地，所以……
靠濕地一側
座位是這種排列方式
買指定席車票時，我也留意到這一點，可是……
1個月前開始售票
綠色窗口
指定席300圓
(自由席的話，只需乘車券就OK)
我要靠溼地那邊的靠窗座位!!
可惜弄錯了列車的行進方向。
行進方向
轟隆……
轟隆……
景色真漂亮啊～
喀嚓 喀嚓
反正看得很清楚就好了……
哈哈哈
茶
喔喔～

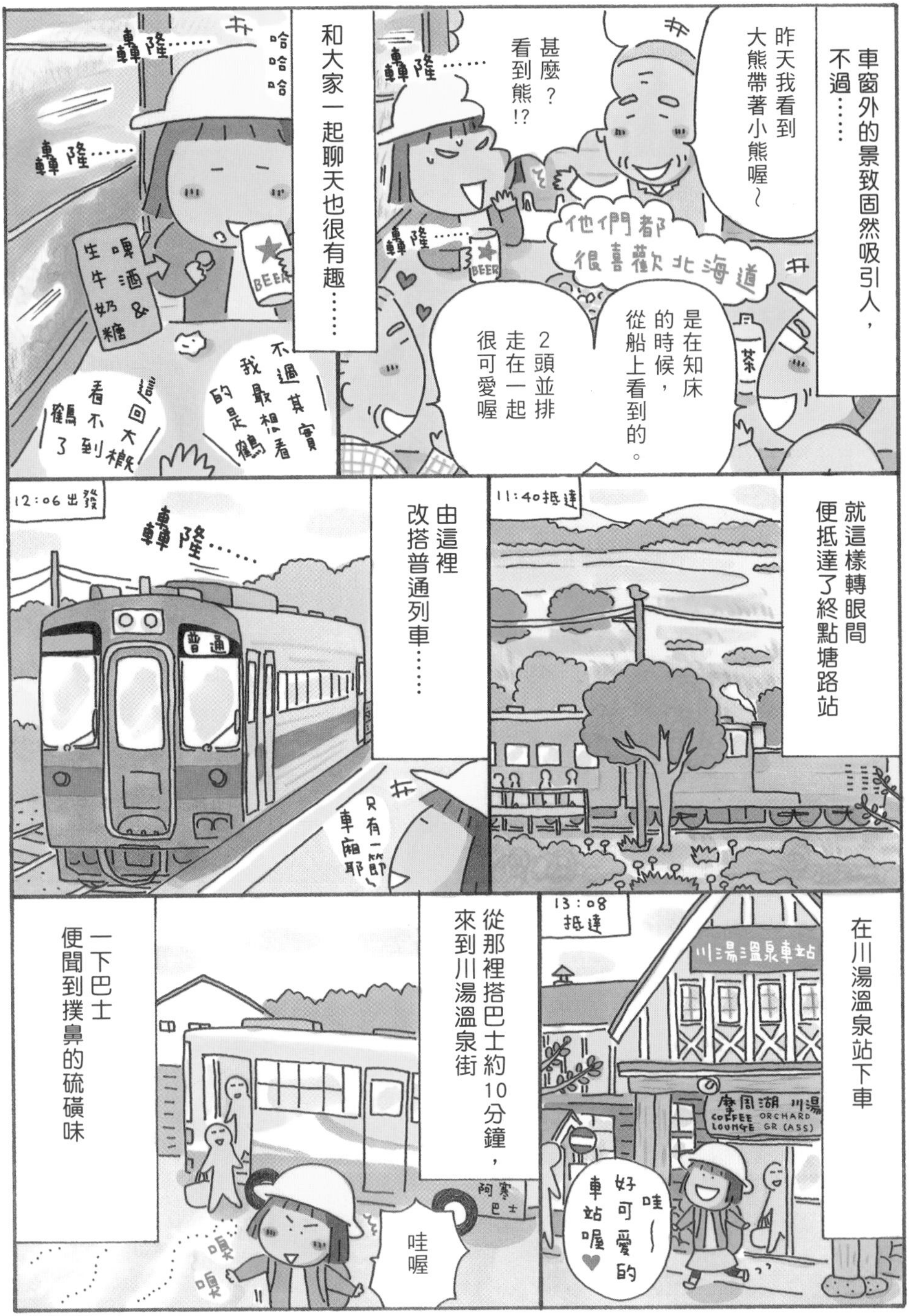
車窗外的景致固然吸引人，不過……
昨天我看到大熊帶著小熊喔～
他們都很喜歡北海道
是在知床的時候，從船上看到的。
2頭並排走在一起很可愛喔
茶
甚麼？看到熊!?
轟隆……
轟隆……
和大家一起聊天也很有趣……
哈哈哈
轟隆……
轟隆……
啤酒&生牛奶糖
BEER
不過其實我最想看的是鶴
這回大概看不到鶴了
就這樣轉眼間便抵達了終點塘路站
11:40抵達
由這裡改搭普通列車……
12:06出發
轟隆……
普通
只有一節車廂耶～
在川湯溫泉站下車
13:08抵達
川湯溫泉車站
摩周湖 川湯
COFFEE LOUNGE
ORCHARD GR(ASS)
哇～
好可愛的車站喔♥
從那裡搭巴士約10分鐘，來到川湯溫泉街
阿寒巴士
哇喔
一下巴士便聞到撲鼻的硫磺味
嗅嗅

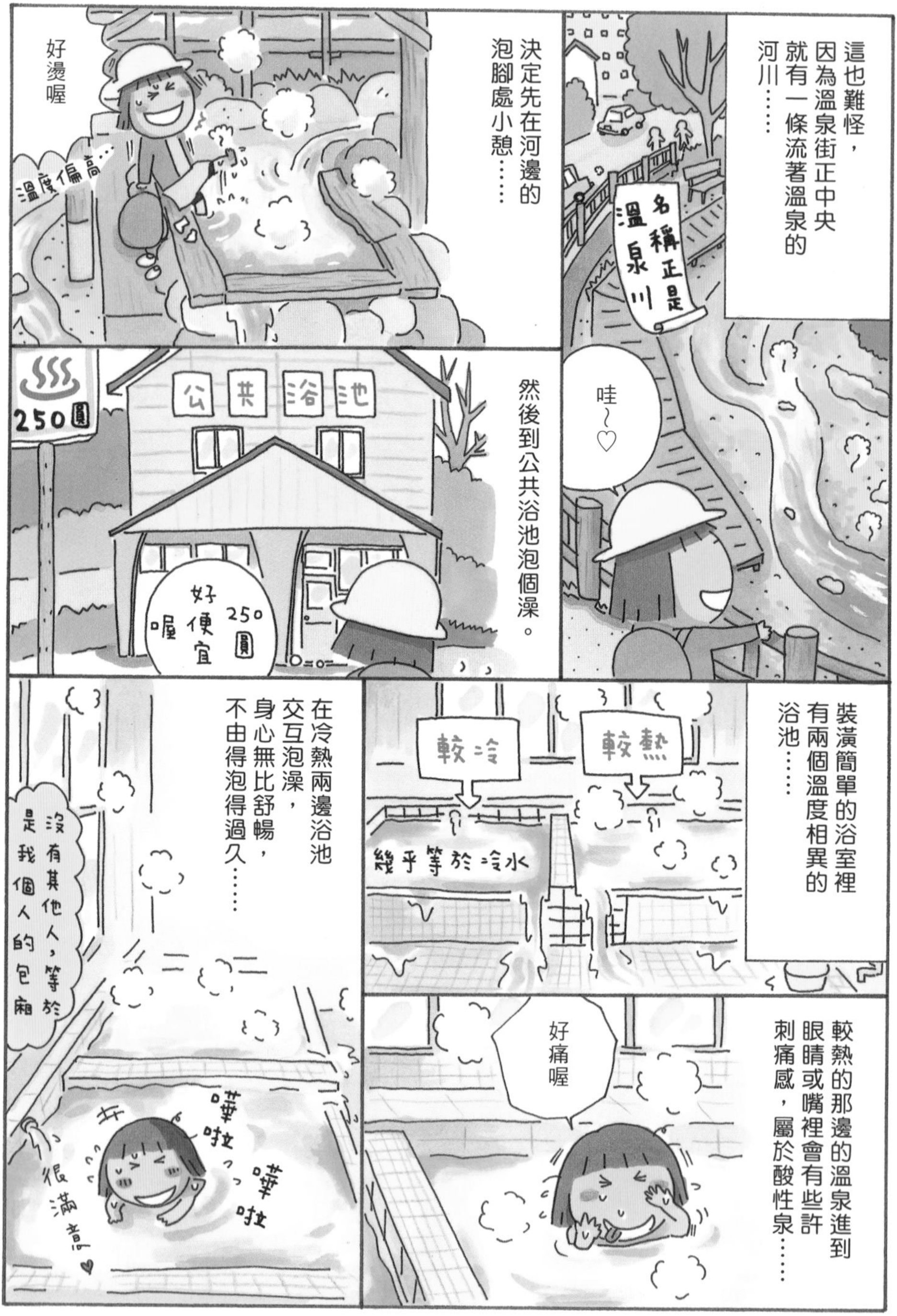
這也難怪，因為溫泉街正中央就有一條流著溫泉的河川……
名稱正是溫泉川
決定先在河邊的泡腳處小憩……
溫度偏高…
好燙喔
哇~♡
然後到公共浴池泡個澡。
公共浴池
250圓
250圓好便宜喔
裝潢簡單的浴室裡有兩個溫度相異的浴池……
較熱
較冷
幾乎等於冷水
較熱的那邊的溫泉進到眼睛或嘴裡會有些許刺痛感，屬於酸性泉……
好痛喔
在冷熱兩邊浴池交互泡澡，身心無比舒暢，不由得泡得過久……
沒有其他人，等於是我個人的包廂
嘩啦
嘩啦
很滿意♡

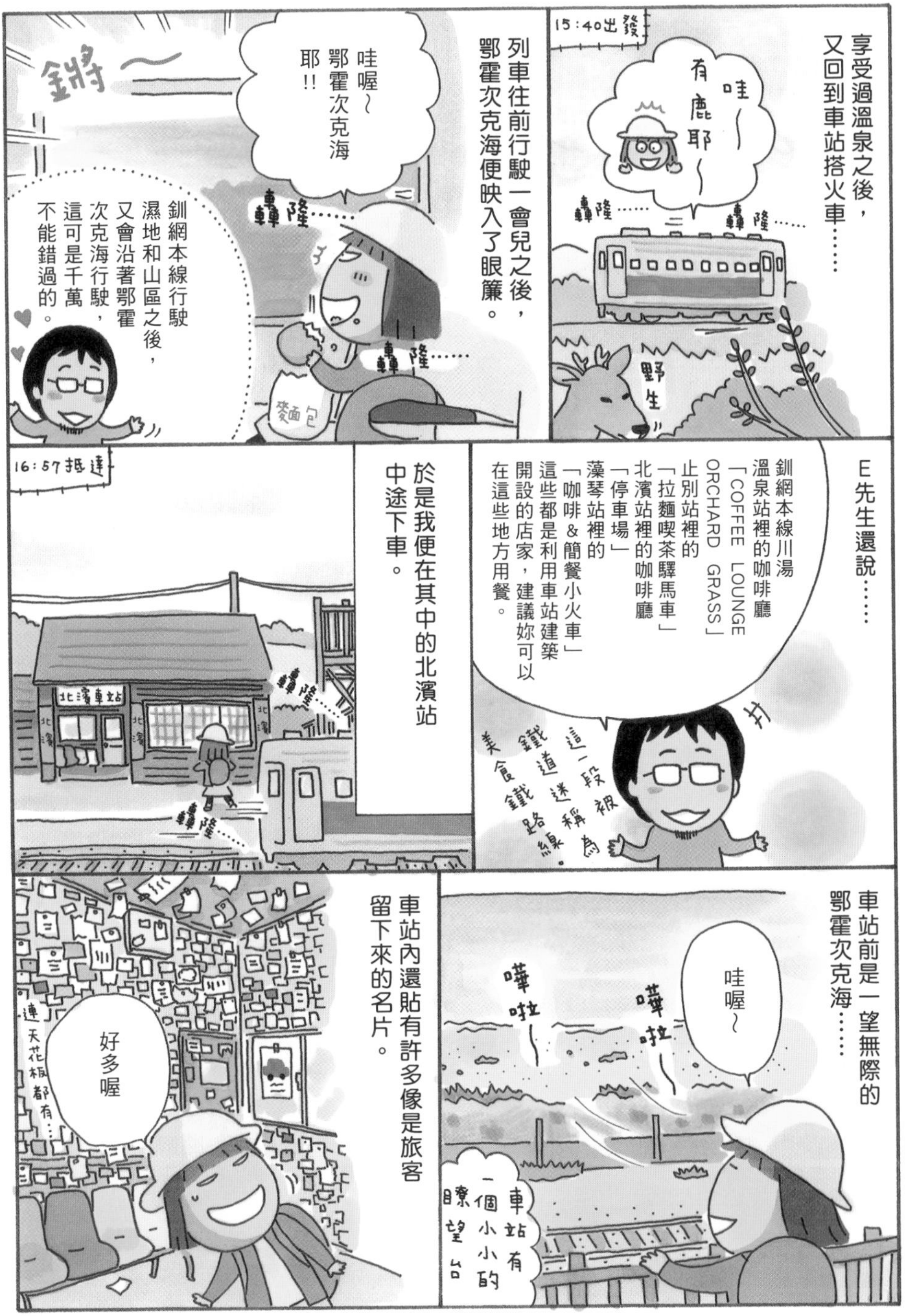
享受過溫泉之後，又回到車站搭火車……
15:40出發
哇～有鹿耶～
轟隆……
轟隆……
野生
列車往前行駛一會兒之後，鄂霍次克海便映入了眼簾。
哇喔～鄂霍次克海耶!!
鏘～
轟隆……
轟隆……
釧網本線行駛濕地和山區之後，又會沿著鄂霍次克海行駛，這可是千萬不能錯過的。
E先生還說……
釧網本線川湯溫泉站裡的咖啡廳「COFFEE LOUNGE ORCHARD GRASS」止別站裡的「拉麵喫茶驛馬車」北濱站裡的咖啡廳「停車場」藻琴站裡的「咖啡&簡餐小火車」這些都是利用車站建築開設的店家，建議妳可以在這些地方用餐。
這一段被鐵道迷稱為美食鐵路線。
於是我便在其中的北濱站中途下車。
16:57抵達
北濱車站
轟隆……
車站前是一望無際的鄂霍次克海……
哇喔～
嘩啦～
嘩啦～
車站有一個小小的瞭望台
車站內還貼有許多像是旅客留下來的名片。
好多喔
連天花板都有……

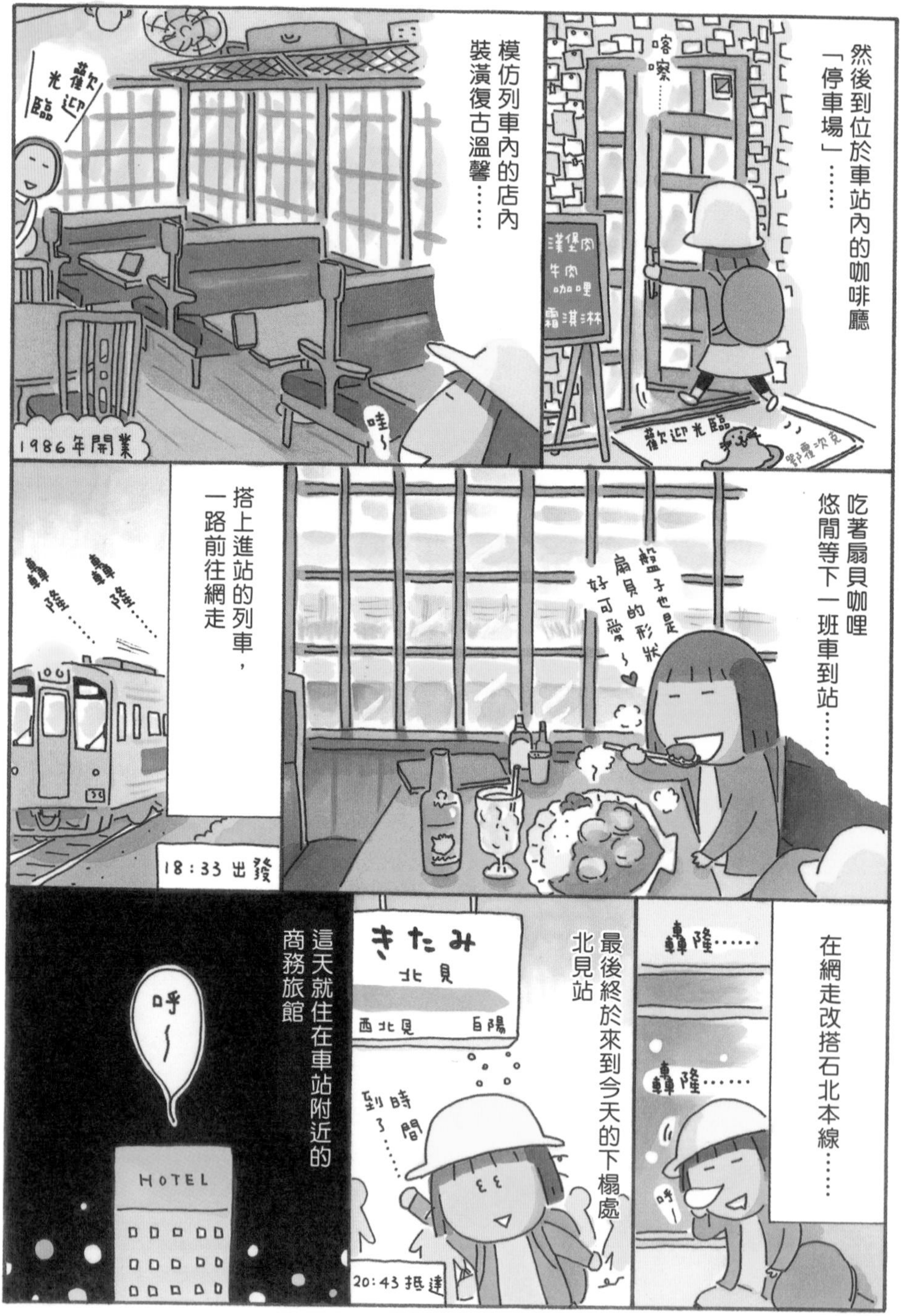
然後到位於車站內的咖啡廳「停車場」……
喀嚓……
漢堡肉
牛肉
咖哩
霜淇淋
歡迎光臨
模仿列車內的店內裝潢復古溫馨……
歡迎光臨
哇～
1986年開業
吃著扇貝咖哩悠閒等下一班車到站……
盤子也是扇貝的形狀好可愛～
搭上進站的列車，一路前往網走
轟隆……
轟隆……
18：33出發
在網走改搭石北本線……
轟隆……
轟隆……
呼ー
最後終於來到今天的下榻處北見站
きたみ
北見
西北見
自陽
到時間了……
20：43抵達
這天就住在車站附近的商務旅館
呼～
HOTEL

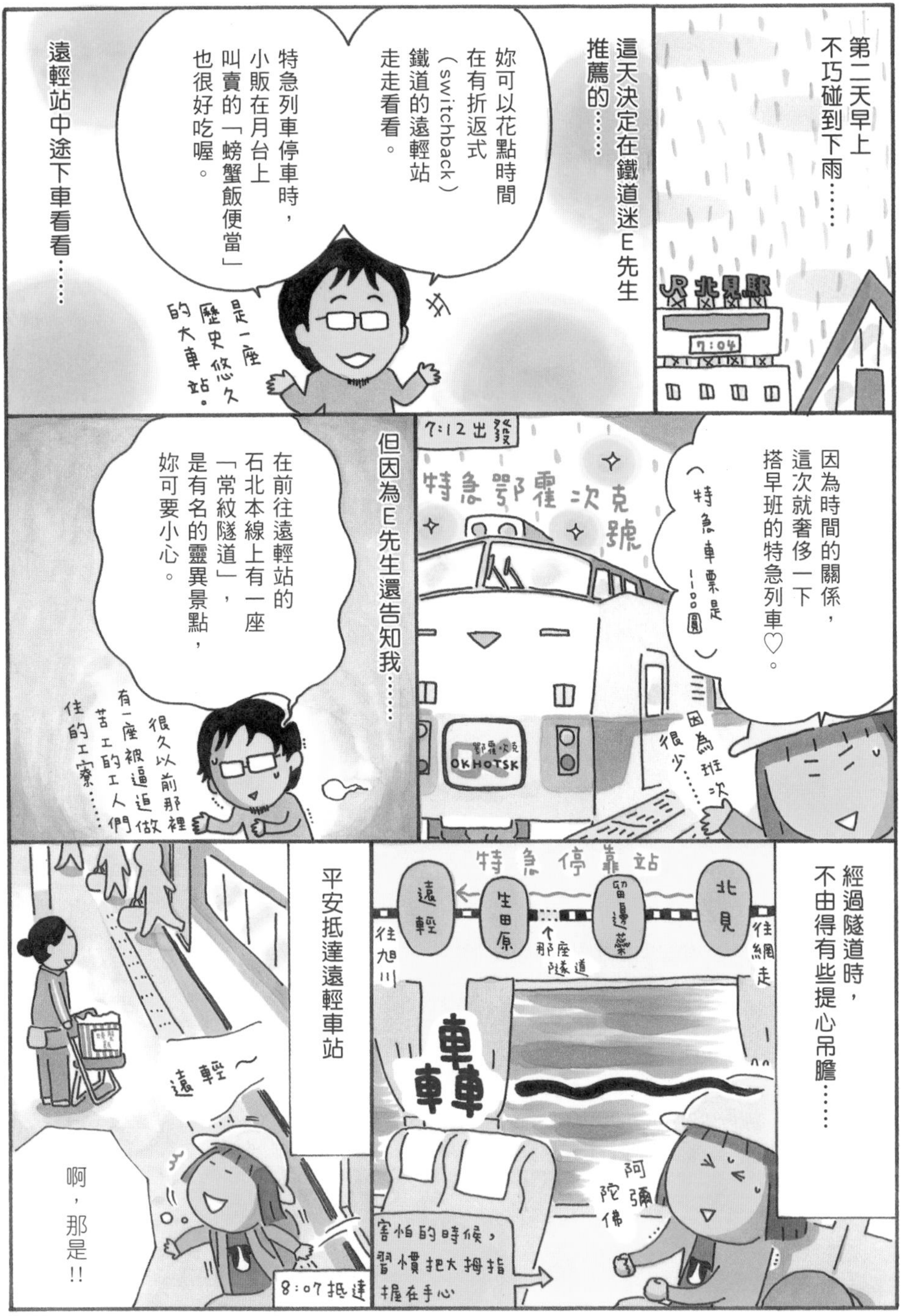
第二天早上不巧碰到下雨……
JR北見駅
7:04
這天決定在鐵道迷E先生推薦的……
妳可以花點時間在有折返式（switchback）鐵道的遠輕站走走看看。
特急列車停車時，小販在月台上叫賣的「螃蟹飯便當」也很好吃喔。
是一座歷史悠久的大車站。
遠輕站中途下車看看……
因為時間的關係，這次就奢侈一下搭早班的特急列車♡。
（特急車票是1100圓）
因為班次很少……
7:12出發
特急鄂霍次克號
鄂霍次克
OKHOTSK
但因為E先生還告知我……
在前往遠輕站的石北本線上有一座「常紋隧道」，是有名的靈異景點，妳可要小心。
很久以前那裡有一座被逼迫做苦工的工人們住的工寮……
經過隧道時，不由得有些提心吊膽……
特急停靠站
北見
留邊蘂
生田原
遠輕
往網走
往旭川
那座隧道
車車車
阿彌陀佛
害怕的時候，習慣把大拇指握在手心
平安抵達遠輕車站
遠輕～
8:07抵達
啊，那是!!

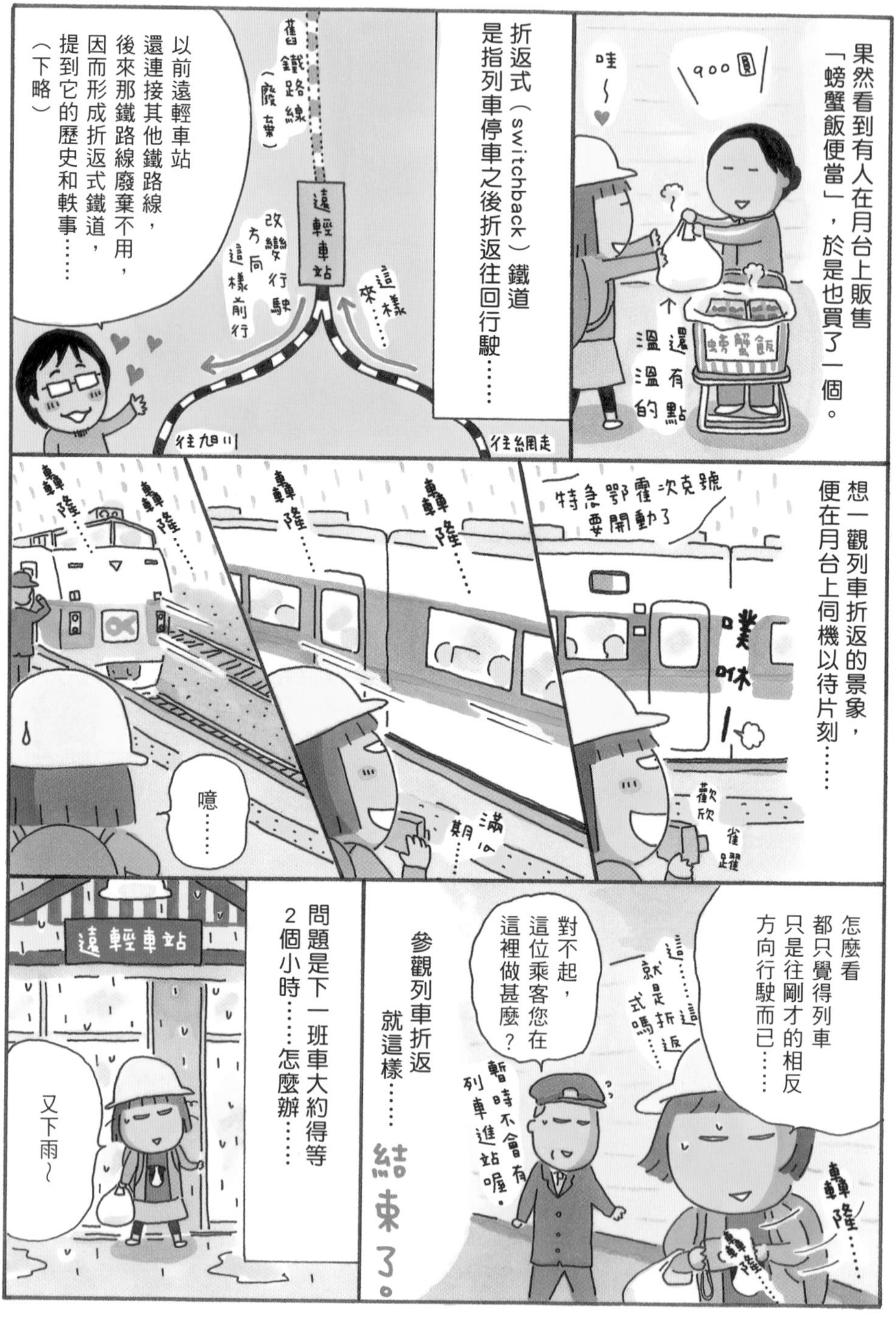

果然看到有人在月台上販售「螃蟹飯便當」，於是也買了一個。
900圓
哇～♥
還有點溫溫的
螃蟹飯
折返式（switchback）鐵道是指列車停車之後折返往回行駛……
舊鐵路線（廢棄）
遠輕車站
這樣來……
改變行駛方向
這樣前行
往旭川
往網走
以前遠輕車站還連接其他鐵路線，後來那鐵路線廢棄不用，因而形成折返式鐵道，提到它的歷史和軼事……（下略）
想一觀列車折返的景象，便在月台上伺機以待片刻……
特急鄂霍次克號要開動了
噗咻！
歡欣雀躍
轟隆……
轟隆……
滿心期……
轟隆……
轟隆……
噫……
怎麼看都只覺得列車往剛才的相反方向行駛而已……
這……這就是折返式嗎……
轟隆……
轟隆……
對不起，這位乘客您在這裡做甚麼？
暫時不會有列車進站喔。
參觀列車折返就這樣……
結束了。
問題是下一班車大約得等2個小時……怎麼辦……
遠輕車站
又下雨～

此時，發現遠輕車站附近有一座名叫瞰望岩的岩山……
很高
約80m
剛好雨勢也變小了，便決定登上瞰望岩瞧瞧。
哇喔~
約10分鐘後來到山頂，這簡直就是懸崖峭壁!!
天啊~
呼
頭暈
目眩
不久，又下起雨來，不過旁邊正好有涼亭和長椅……
懸崖長椅
滴答
滴答
於是坐在那裡享用剛才買的螃蟹飯。
好爽口貼心的味道♥
茶
懸崖飯
飽餐一頓後，在下山的路上……
發現了一片花田
噫？
那是？

相鄰的「太陽之丘遠輕公園」……
太陽之丘
免門票
此時正值芝櫻盛開，我暫時有如沉浸在童話世界中……♡
哈哈哈♥
呵呵呵♥
據說波斯菊的季節也非常漂亮。
不知不覺間就到了搭車的時間，我也啟程離開遠輕站……
轟隆……
10:18 出發
接下來還有E先生推薦的幾個祕境車站，可是……
石北本線是祕境車站的寶庫!! 其中又以下白瀧、舊白瀧、上白瀧這三個車站最有名!!
被鐵道迷稱為「白瀧系列」!!
所謂秘境車站……
是指乘客和班次都很少，
四周也不繁華的幽靜小站
這些車站別說是中途下車，就連普通列車都很少停靠，因此打算列車駛過時由車窗多望幾眼……
先是下白瀧站……
轟隆……
下白瀧
轟隆……
啊
這、這裡是!?
接著是舊白瀧站……
轟隆……
舊白瀧
轟隆……
啊，在那邊!!
糟糕!!
最後是上白瀧站……
轟隆……
上白瀧
轟隆……
發呆根本沒察覺……
參觀白瀧系列車站就這樣……
結束了。

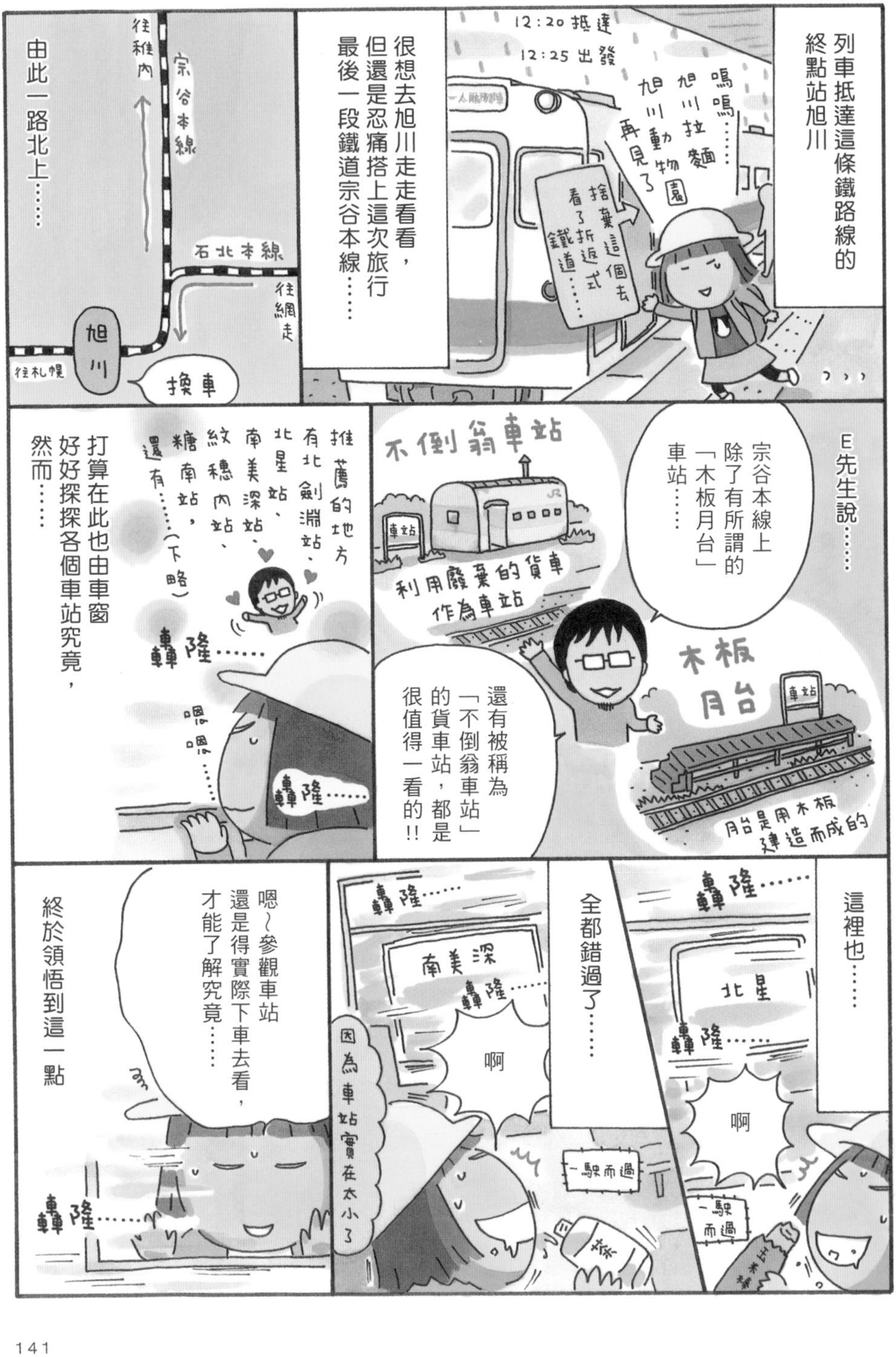
列車抵達這條鐵路線的終點站旭川
12:20抵達
12:25出發
嗚嗚……
旭川拉麵
旭川動物園
再見了
捨棄這個去看了折返式鐵道……
很想去旭川走走看看，但還是忍痛搭上這次旅行最後一段鐵道宗谷本線……
由此一路北上……
往稚內
宗谷本線
石北本線
往網走
旭川
往札幌
換車
E先生說……
宗谷本線上除了有所謂的「木板月台」車站……
木板月台
車站
月台是用木板建造而成的
不倒翁車站
車站
利用廢棄的貨車作為車站
還有被稱為「不倒翁車站」的貨車站，都是很值得一看的!!
打算在此也由車窗好好探探各個車站究竟，然而……
推薦的地方有北劍淵站、北星站、南美深站、紋穗內站、糖南站，還有……(下略)
轟隆……
嗯嗯……
轟隆……
這裡也……
轟隆……
北星
轟隆……
啊
一駛而過
全都錯過了……
轟隆……
南美深
轟隆……
啊
一駛而過
因為車站實在太小了
嗯~參觀車站還是得實際下車去看，才能了解究竟……
終於領悟到這一點
轟隆……

列車來到了音威子府
15:10抵達
おといねっぷ
音威子府
W61
Otoineppu
咲来
筬島
你會念嗎？
在這裡得等車等1個多小時，因此決定先出一次改札口……
我是中途下車
在車站內的蕎麥麵店嚐嚐音威子府名產蕎麥麵
音威子府蕎麥
音威子府的蕎麥麵，麵和湯汁的顏色較深接近黑色，但味道卻樸實微甜……
呼嚕嚕
麵咬勁十足，蕎麥風味濃厚，非常美味可口。
湯麵 350圓
接著又坐了1個半小時的列車……
轟隆……
轟隆……
16:31出發
這回在終點稚內的前一站豐富站下車……
豐富車站
18:02抵達
搭乘前來迎接的車子，約10分鐘後……
來到了位於日本最北的溫泉鄉豐富溫泉的一處旅館，今晚預定在此下榻。
川島旅館
旅館
這邊請
川島

到了旅館，
連忙去洗溫泉……
女
啦
啦
一打開浴室的門，
教我有些吃驚
嘎啦
裡面瀰漫著石油的氣味……
豐富溫泉別名又為「油溫泉」，
據說是大正時代勘探石油時發現的……
入浴方法
哇～
真的浮著
一層油耶～
利尻・禮文・SAROBETSU國立公園
川島旅館
最北的溫泉
據說這富含油份性質溫和的溫泉
對慢性皮膚病和燙傷等特別有效。
享受過那珍奇的溫泉之後，
接著是享用美味的晚餐……
哇～
海膽火鍋耶～
豪華
呼嚕～
這天也心滿意足地就寢……

北海道之旅的第三天早晨—
啾……
啾……
川島旅館
川島
起得早些，從早上就開始享受泡溫泉的樂趣♡
因為有油，水面上看起來是七彩的顏色
哇喔……
溫泉的沉澱物也飄浮在水面上
在晨曦的照耀下，油份比昨天看得更清晰。
其實，我很喜歡石油的味道……
小時候經常去聞煤油暖爐的氣味……
嗅
嗅
小朋友們請勿模仿♥
我真是愛上了豐富溫泉那瀰漫石油氣味的奇妙泉水。
因為有油份，泡過澡之後皮膚也水水嫩嫩的♡。
泡完澡之後也殘留著些許石油的氣味……
吃過可口的早餐之後……
大吃
特吃
豐富町出產的牛奶
很好喝……
北海道牛乳
請旅館的人送我到豐富車站……
豐富牛乳
很好喝喔
とよとみ
豐富
W74
今天的火車之旅就此展開囉!!

今天終於要到日本最北端的車站稚內……
稚內車站
稚內機場
禮文島
利尻島
豐富車站
宗谷本線
轟隆……
轟隆……
8:19出發
漫長的火車之旅也……
轟隆……
轟隆……
即將結束了。
今天窗外的風光也是恬靜宜人
勇知
勇知車站
哈哈哈
這車站
好可愛喔~♡
應該是不
倒公羽車站吧
這次旅行坐車的時間很長……
轟隆……
好遼闊喔~
哇~
牛耶
轟隆……
本以為中途就會生厭……
看到海了耶~♥
POCKY
但絲毫沒有這種感覺……
呼~
轟隆……

我想鐵道迷中也分好幾種類型……
我喜歡車站建築!!
我喜歡火車車廂!!
我喜歡車站便當♥
而我喜歡的應該是車窗外的風光吧？
轟隆……
嘿嘿嘿……
轟隆……
NISEKO
心裡如此想著……
充滿特色的車窗風光也逐漸接近了。
宗谷本線最值得欣賞的一段景色是在拔海和南稚內之間。
天氣好的時候還可以看到海另一端利尻島上的利尻富士山喔!!
鐵道迷 E先生建言
過了拔海站了!!
轟隆……
歡欣雀躍
今天雖然是陰天，我還是很期待能看到那美麗的景點，但……
遺憾!!這天海的那一端白茫茫一片，甚麼也看不見!!
轟隆……
白茫茫—
轟隆……
嗚嗚～利尻富士山!!
最後列車終於抵達終點站稚內!!
わっかない
稚内
W80
南稚内
稚内～
9:05抵達

由於鐵軌到此結束，一到稚內那種抵達最北端的感動是很觸動人心的。
朝著月台的另一頭跑去，想看看鐵軌的終點，可是……
哇～
啊
太棒了～
終於來到最北端了!!
已經有2人先我而到……
請似乎同樣朝著最北邊旅行而來的2位男士幫忙拍照留念……
JR 日本最北端車站
北緯45度25分03秒
8
這裡是最北端喔～
要照囉
3個人都很興奮
到達最北端果然很令人興奮。
最北端的鐵路線
指宿枕崎線西大山站
由最南端朝北延伸的鐵路線在此結束。
宗谷線稚內站
感動……
由相反方向
可是這一天風很大，相當寒冷……
不……不愧是最北端……
呼～
哆嗦哆嗦
這時是5月下旬
預定由稚內機場搭下午班機回東京的我……
只剩3個小時可以停留!!
卯足勁出發去觀光!!
耶～

首先目標更北邊，由車站搭車前往約10分鐘車程的野寒布岬!!
轟～
TAXI
雖然也有巴士，但為節省時間便搭計程車
然而這裡也是陰天，完全看不見海的那頭，而且……
野寒布岬
哎喲～
呼～
冷得不得了!!
站不了3分鐘，便趕緊衝進附近的特產店。
秋狩屋
好冷喔
好冷喔……
據說天氣好的時候，從野寒布岬也可以清楚看見利尻富士山。
請用我在特產店買的風景明信片想像一下。
浪花與利尻富士山
哆嗦
哆嗦
回程是搭巴士……
轟～
繞到稚內站和南稚內站間一處名叫「稚內副港市場」的地方……
據說這裡是日本最北的購物中心
前往購物中心裡一處名為「港之湯」的溫泉泡湯♡
稚內天然溫泉 港之湯
入浴費 700圓
嗚嗚……
全身冰冷～

這裡位於稚內港附近，
是一處漂亮新穎的溫泉設施……
呼～
好暖和喔
有露天浴池♥
仰頭可見海鷗四處飛翔……
呀
呀
漁港氣氛十足。
泡完溫泉後，一邊喝啤酒一邊欣賞
碼頭的風景，稍做休息……
呼
「港之湯」
特製啤酒
然後在館內的商店
買了許多禮物……
燻扇貝
章魚罐頭
海帶薄片
螃蟹也不錯
牛乳
碼頭
碼頭商店
生海膽
利尻昆布
歡迎光臨
拉麵
牛奶糖
豐收
第一副港號
船館內形裝飾
觀光也大致
到此結束。
剩下的問題是午餐該吃甚麼……
海膽飯丼
拉麵
稚內名產
章魚涮涮鍋
壽司
全都想吃……
嗯
最後依E先生
和剛才的計程車司機推薦，
以及這時的心情……
極力推薦!!
那裡很好吃喔
嗚喔
終於決定去稚內車站附近一家
名叫「寶屋」的拉麵店!!
拉麵
寶屋
寶屋
拉麵
想吃點熱的東西

不甚寬敞的店內高朋滿座……
哇
熙熙
攘攘
歡迎光臨
等待拉麵上桌那段時間，和吧台鄰座的一對夫婦聊起天來……
甚麼!? 你們已經在北海道旅行2星期了!?
是她說想來北海道，都是她安排的!!
是啊，我們開車到處跑，接下來還要往東邊去呢。
呵呵呵……
我嘛就當司機!!
2位是從靜岡來的
來到北海道後一直有個感想……
這是4天前去禮文島時拍的照片，這裡的景色真是美極了哈哈哈
給我看數位相機裡的照片
嗶
嗶
嗚……真羨慕他們能碰到好天氣
在此遇見許多喜愛北海道大自然四處旅行的銀髮族……
是啊！妳也應該去走走看看!!
呵呵呵
哇～好漂亮喔!!
您的鹽拉麵
咚
咚
連我也感染了他們的活力與愉快心情。
鹽拉麵的湯汁非常清澈……
呼
呼
好好吃喔
好好吃耶
吃著熱呼呼的捲麵全身也暖和得幾乎要冒汗。♡
裡面還有
懷著些許依依不捨的心情由機場起飛時……
啊
由雲端上微微望見了利尻富士山的身影。

冬天行駛的是「浮冰NOROKKO號」喔!!

人聲吵雜

很受觀光客歡迎♥

ノロッコ
NOROKKO TRAIN

旅行回憶
寫真館

攝自北濱車站的迷你瞭望台……

轟隆……

轟隆……

川湯溫泉公共浴池

車站的泡腳處

悠閒地等待下一班車到來……

食材和盤子都是扇貝

好便宜喔，真好!!

ゆ……

看到這站名讓我聯想到PIPPU磁石貼布

不倒翁車站的一列

還溫溫的♡

豐富溫泉的晚餐，還附海膽火鍋喔!!

豐富站候車室看來可以作為開會之用呢

湯很清澈!!

超美味的稚內鹽拉麵♡

我也終於來到此地

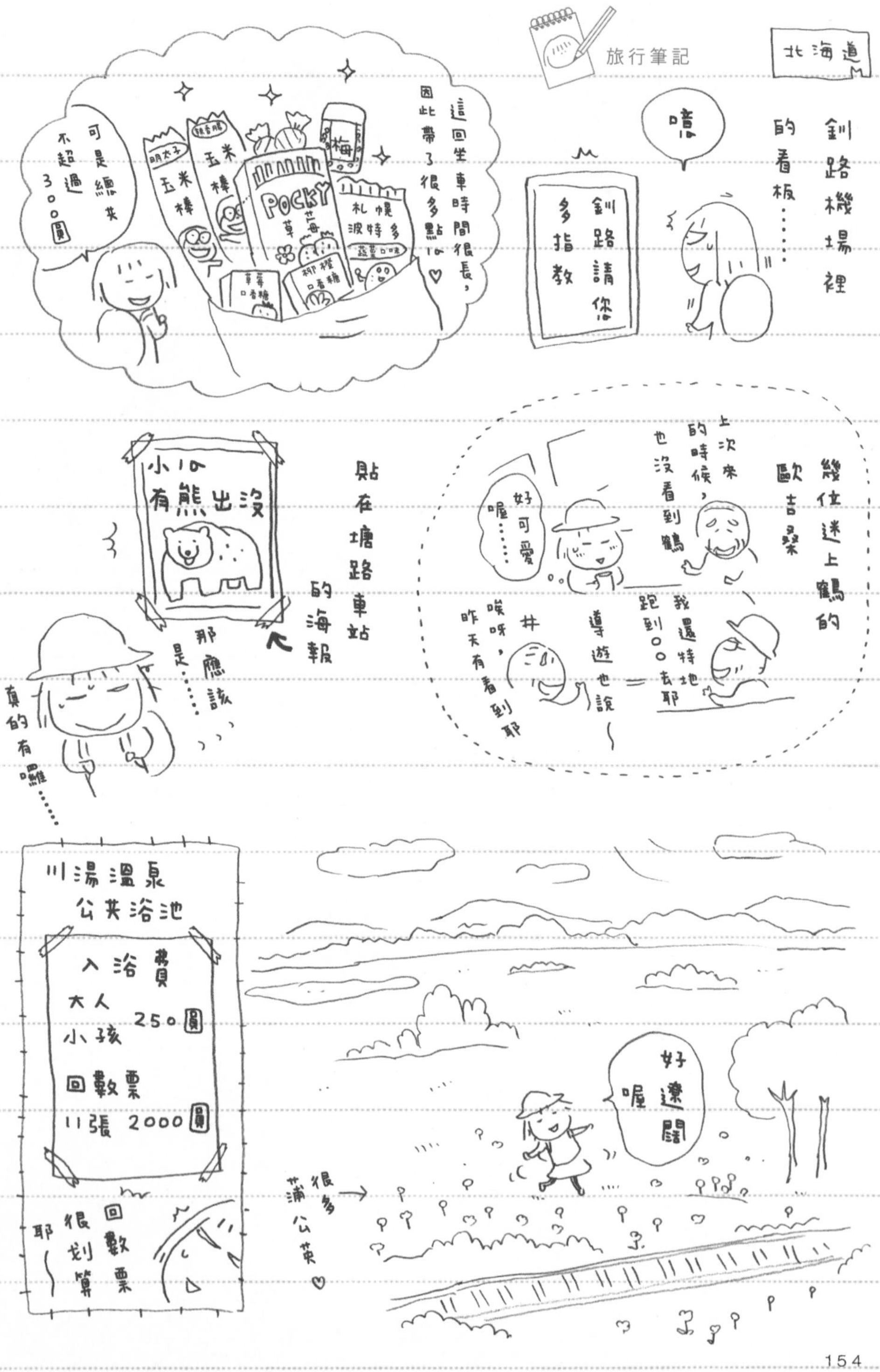
這回坐車時間很長，因此帶了很多點心♡
可是總共不超過300圓
明太子 玉米棒
抹香味 玉米棒
POCKY 草莓
梅
札幌 波特多 蔬菜口味
草莓 口香糖
柳橙 口香糖
釧路機場裡的看板……
嘻
釧路請您多指教
貼在塘路車站的海報
小心 有熊出沒
那應該是……
真的有嗎……
幾位迷上鶴的歐吉桑
上次來的時候，也沒看到鶴
好可愛喔……
我還特地跑到○○去耶
導遊也說～
唉呀，昨天有看到耶
川湯溫泉 公共浴池
入浴費
大人 小孩 250圓
回數票 11張 2000圓
回數票很划算耶～
很多蒲公英♡
好遼闊喔

北海道
也有很多可愛的站名♡
標茶
美留和
留邊蘂
丸瀬布
伊香牛
比布
和寒
蘭留
站名標誌怎麼這麼多!?
是我多心嗎!?
磯分内
札幌啤酒
在豐富溫泉的旅館
5月下旬也點著暖爐……
晚上的確還很冷
據說是天然瓦斯暖爐
房間裡一應俱全♡
旅館裡賣的罐頭
鹿!!
紅燒蝦夷鹿肉
禮文島似乎特別受中高年齡層歡迎……。
禮文島很棒喔～♡
有很多高原植物
妳還沒去過啊？♡
妳一定要去看看
去幾次都不會膩喔……
大家都很熱情……
還是很想吃鮭魚子丼飯和海膽丼飯～
一定還要找機會去一趟
也想去禮文島看看
也想吃味噌拉麵

北海道完結篇

提到地方鐵道，首推北海道！因此我也進行了一趟北海道之旅。北海道的鐵路線的確有如電影畫面般如畫如詩。

E先生周遊北海道時經常利用JR的「周遊券」，就地區而言，可於5天內自由搭乘的「札幌、道北地區9000圓」「札幌、道東地區12000圓」相當實惠划算。（但去程必須搭一趟JR到北海道↓E先生經常搭乘的是臥鋪特急北斗星）竅門還真不少呢!!我真是好好地上了一課。

來回交通費	40,180圓
當地交通費	15,640圓
住宿費	14,980圓
飲食費	4,850圓
入浴費	950圓
共計	76,600圓

LOCALLINE&ONSENHITORITABI*2009・5*
此次旅行的費用
76,600圓
東京⟷北海道
二夜住宿

➡DATA
●太陽之丘遠軽公園（太陽の丘えんがる公園）
北海道紋別郡遠軽町西町1
☎0158-42-8360（遠軽町觀光協會）
（えんがる町観光協会）
http://engaru.jp/kankou_info/engaru/taiyo/taiyo.html
●川島旅館
北海道天鹽郡豐富町字溫泉
☎0162-82-1248
●釧路溼地NOROKKO號
（くしろ湿原ノロッコ号）
☎0154-22-4314（JR釧路車站）
http://www.jrkushiro.jp/sirase/7/harurin.html
●川湯溫泉公共浴池
北海道川上郡弟子屈町川湯溫泉
☎015-483-2137
●簡餐&咖啡　停車場
北海道網走市北濱無番地　JR北濱車站內
☎0152-46-2410
●稚內副港市場
北海道稚內市港1-6-28
☎0162-29-0829
http://www.wakkanai-fukukou.com/
●寶屋拉麵（ラーメンたからや）
北海道稚內市中央2-11-15
☎0162-23-7200

嚮往已久的一邊賞雪一邊泡溫泉！
秋田內陸線之旅

秋田篇

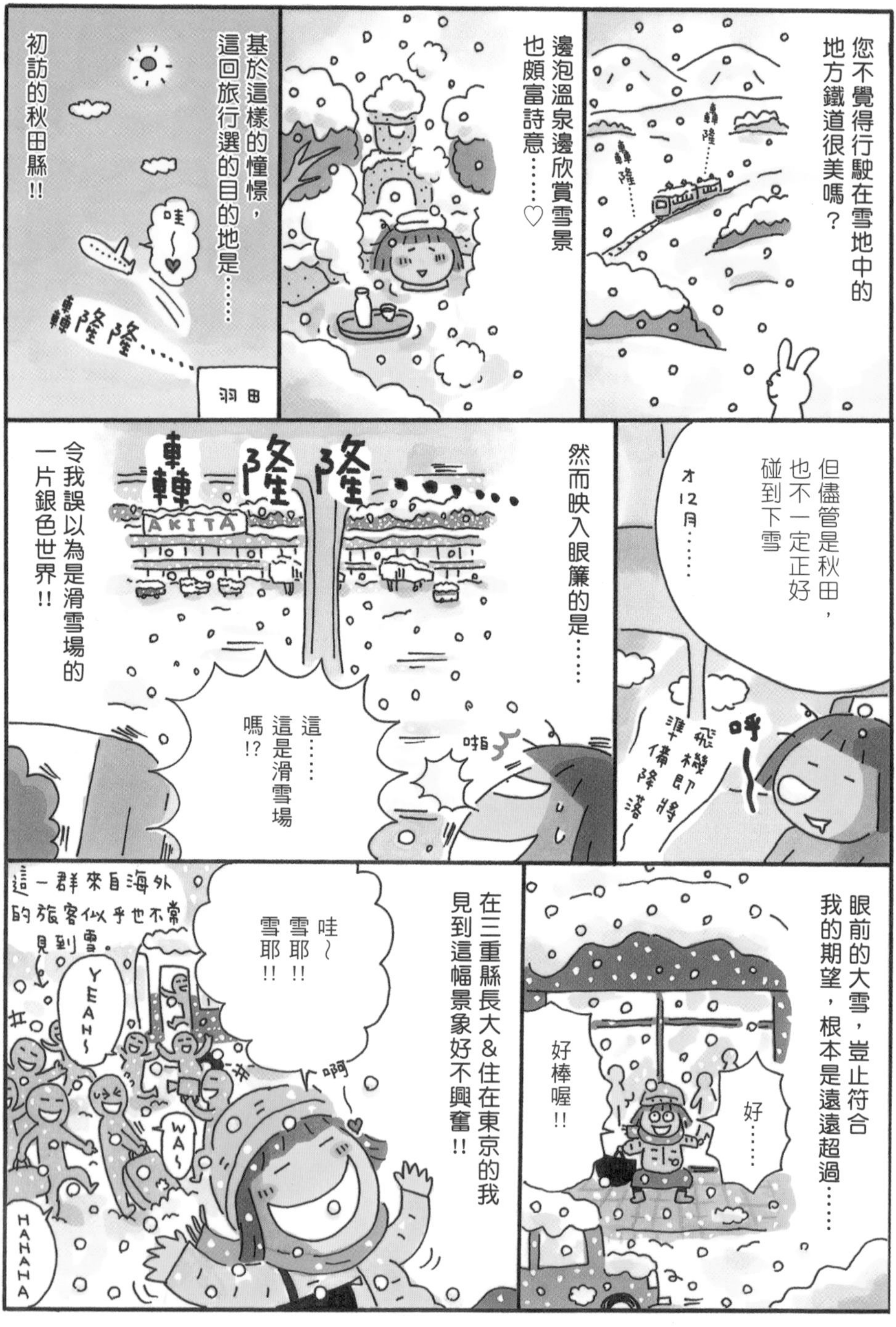

您不覺得行駛在雪地中的地方鐵道很美嗎？
轟隆……
轟隆……
邊泡溫泉邊欣賞雪景也頗富詩意……♡
基於這樣的憧憬，這回旅行選的目的地是……
初訪的秋田縣!!
哇~♥
轟隆隆……
羽田
但儘管是秋田，也不一定正好碰到下雪
才12月……
飛機即將準備降落
呼~
然而映入眼簾的是……
轟隆隆……
AKITA
令我誤以為是滑雪場的一片銀色世界!!
這……這是滑雪場嗎!?
啪
眼前的大雪，豈止符合我的期望，根本是遠遠超過……
好……
好棒喔!!
在三重縣長大&住在東京的我見到這幅景象好不興奮!!
哇~雪耶!!雪耶!!
啊~♥
這一群來自海外的旅客似乎也不常見到雪。
YEAH~
WA~
HAHAHA

接著由秋田機場搭機場接駁車前往角館
車車
秋田機場→角館地區
約60分鐘・2200圓
（需事先預約）
前往角館的路上，雪也不停地下，而且越積越厚，讓我開始有點不安……
可……可是，雪下這麼大可以去觀光嗎？
12月就下這麼大的雪，還真少見……
如果發生意外甚麼的……
啊
吼
請司機讓我在有「陸奧小京都」之稱的角館武士宅邸大街下車。
小心路上
謝謝!!
在這裡可以參觀幾家保有江戶時代風情的武士宅邸……
喔—
「石黑家」參觀費 300圓
但目光還是不自覺地移到美麗的雪景……
閃
閃
冰柱耶!!
喔~♥
但是……
簌簌簌
落下
好冷喔……
哆嗦

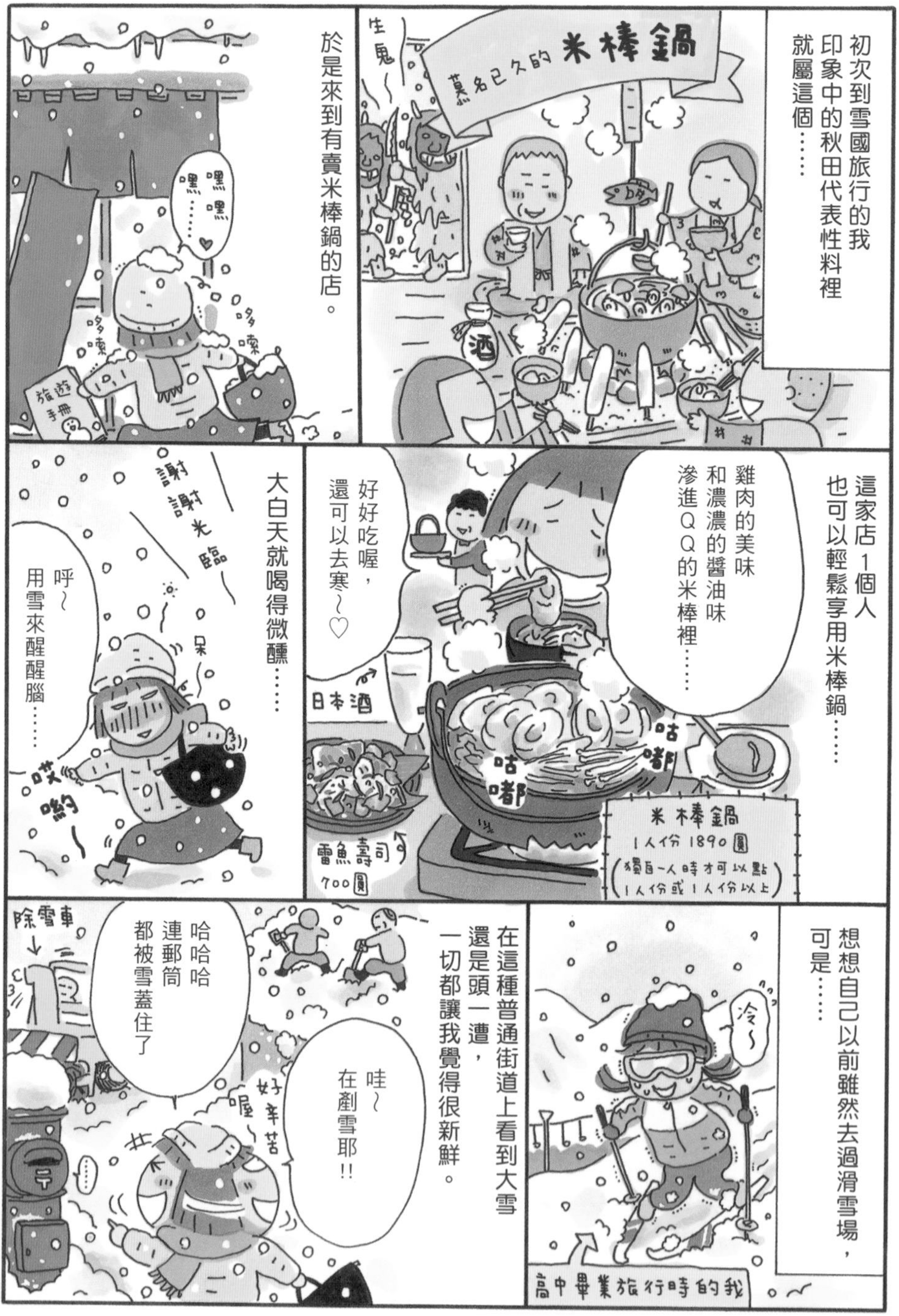
初次到雪國旅行的我
印象中的秋田代表性料裡
就屬這個……
慕名已久的米棒鍋
生鬼
酒
於是來到有賣米棒鍋的店。
嘿嘿嘿嘿……♥
哆嗦 哆嗦
旅遊手冊
這家店1個人
也可以輕鬆享用米棒鍋……
雞肉的美味
和濃濃的醬油味
滲進QQ的米棒裡……
好好吃喔，
還可以去寒～♡
咕嘟 咕嘟
日本酒
雷魚壽司 700圓
米棒鍋
1人份 1890圓
（獨自一人時才可以點1人份或1人份以上）
大白天就喝得微醺……
謝謝光臨
呆
呼～
用雪來醒醒腦……
哎喲
想想自己以前雖然去過滑雪場，
可是……
冷～
高中畢業旅行時的我
在這種普通街道上看到大雪
還是頭一遭，
一切都讓我覺得很新鮮。
哇～
在剷雪耶!!
好辛苦喔～
哈哈哈
連郵筒
都被雪蓋住了
除雪車
……

不知不覺間又是滿身寒意……
哆嗦……
酒也醒了
順路到附近的溫泉休息處……
角館旅館
泡在暖呼呼的溫泉裡，歇口氣……
滋～
入浴費 500圓
然後走到角館車站……
內陸線角館車站
接下來，要從這裡搭乘這趟旅程重點的秋田內陸縱貫鐵道。
哇～♥
這條鐵路線名副其實地縱貫秋田內陸……
青森縣
鷹巢
大館能代機場
全長94.2公里 共29個停靠站
秋田縣
秋田機場
角館
岩手縣
這一天，車窗外是一片如同我想像的銀色世界……
轟隆……
轟隆……
哇喔～♥
旅情氛圍洋溢，我不由得目不轉睛地望著車窗外。
轟隆……
好像童話世界一樣耶♥
轟隆……
喀嚓
喀嚓

搭了約60分鐘，在阿仁獵人這站下車……
轟隆
轟隆
秋田內陸線
あにまたぎ
阿仁獵人
A NI MA TA GI
北秋田市阿仁中村
MATAGI……
MATAGI（獵人）……
感覺很秋田……
是指去東北或北海道的山林集體狩獵的人們
吼～
今天的下榻處是位於這附近名為「打當溫泉獵人之湯」的旅館
打當溫泉
獵人之湯
獵人之湯
搭接送的車約5分鐘
今晚就要一個人寂靜地住在這白雪皚皚群山環繞的房間裡……
啊，手機也不通耶!!
也沒辦法傳簡訊
不管那些，先去泡我期待已久的溫泉才是
獵人
館內的熊的標本
這裡的溫泉含有鹽份和些許鐵的氣味，泡起來全身暖呼呼……
哇哈哈出水口是熊的嘴巴耶～
然後享用以許多山珍做成的晚餐♡
噫？獵人之夢？
濁酒
獵人之夢

趁勢喝了些濁酒……
哇喔～
甜中還略帶酸味……
嗝～
沒想到
濁酒的風味
還挺時尚的♡
稠稠的～
打當溫泉特製濁酒
獵人之夢
1合 450圓
這一天就在睡夢中結束了……
嘿嘿嘿～
獵人之夢
我的夢～♥
第二天——
又請旅館的人
把我送到阿仁獵人車站
阿仁獵人車站
謝謝!!
轟隆
轟隆
今天要用可以
自由上下車的
自由行車票
飽享縱貫鐵道!!
鏘～
秋田內陸線
假日自由行車票A
（鷹巢～松葉）
1000圓
限12月23日當日有效
這種自由行車票
只限周六、日及例假日……
※這天是國定假日
依區間分為3種
鷹巢
阿仁合
阿仁獵人
松葉
角館
A類 1000圓
全區間 2000圓
B類 1000圓
由於在阿仁獵人站或
車上都沒有賣這種車票，
因此昨天在角館
先買好了。
我買的是A類。♥
轟隆……
這天也一邊欣賞車窗外
的銀白色世界……
呵呵呵
轟隆……

約50分鐘後，先在「阿仁前田」站下車
這裡的車站建築略帶童話風格，很是漂亮……
而且還有溫泉設施呢!!
這裡的溫泉也含有鹽份，泡起來更是溫暖舒暢……
也有露天浴池♥
好暖和喔～♥
好冰喔♥
QUINCE森吉 入浴費450圓
一邊賞雪一邊泡溫泉……
接著又朝下一站出發!!
轟隆……
轟隆……
稍微往回走到下一個目的地阿仁合。
進到阿仁合車站內一家名叫「小熊亭」的食堂……
蕎麥麵 小熊亭
咖哩飯
月見烏龍蕎麥麵
天婦羅烏龍蕎麥麵
燉馬肉
飯糰
烏龍麵
內陸線烏龍麵
馬肉拉麵
馬肉丼飯
擾攘
熙熙
點了裡面有馬肉的「內陸線烏龍麵」當午餐
呼
呼
內陸線烏龍麵 450圓

商店裡還販售「內陸線特製布丁」，於是買來當飯後甜點……
內陸線特製布丁
入口即化耶～
黃金布丁
美女布丁
有2種
各180圓
然後轉往下一站合川。
這回的行程圖
預定終點
鷹巢
合川
阿仁前田
約40分
約15分
阿仁合
約50分
阿仁獵人
為有效運用列車出發到達的時間，所以來來去去～
到了合川站，雪下得更大了……
轟隆
轟隆
終於看到這幅景象了～
呆～
一片銀白色的世界令我感動不已……
然而，現在是這次行程中最緊張的時刻……
因為我得走路到距這裡約8分鐘腳程的溫泉
合川東站
撲通
撲通
MAP

平常的話這一點路根本不算甚麼，
可是，雪這麼大……
唉呀呀……
要是迷了路，可能就要遇難……
嘩啦
嘩啦
哎喲，我身上的雪也越積越多了!!
MAP
而且我的方向感很差……
不過，我步步小心翼翼，
終於順利度過難關!!
漣漪溫泉
太好了!!
到了
連忙跑去泡溫泉♡
好鹹!!
這裡是這回泡的溫泉中鹹味和澀味最重的，溫度也相當高……
入浴費 350圓
也有很多看似當地居民的人們前來泡溫泉……
妳好~
妳好~
嗚
這裡水更燙!!
我從昨天就覺得……
年紀稍長的當地居民的談話，秋田口音很重，只能大約聽懂一半。
不用心聽，聽起來就像念經或外國話……

這回或許是因為泡了很多溫泉……
有點頭昏腦脹
茶
再加上雪地和溫泉的溫度差異很大
雪變小了
皮膚變得光滑細嫩
我是不是有點像秋田的美女♡
開玩笑的啦!!♥
基本上我是很怕冷的……
平常的我……
轟轟
哆嗦
哆嗦
直子窩在暖桌裡～♫
但看到雪還是不由得歡欣雀躍……
呵呵呵
利用在車站等車的時間，堆雪人玩……
就這樣，又搭上列車……
轟隆……
轟隆……
來到終點站鷹巢……
秋田內陸縱貫鐵道
鷹巢車站
抵達內陸縱貫鐵道終點!!
回程是由大館能代機場返回東京
雪國，再會～
轟隆隆……

旅行回憶
寫真館

米棒鍋和日本酒
真是絕配～♡

搭內陸線GO!!

一片銀色世界……

積了厚厚一層
雪的角館……

哇～
獵人來了～!!

獵人小屋

聖誕濁酒★

內陸線的車廂有各種顏色

今天好冷喔～

名叫「モヘ煮」的菜餚……

眼看雪似乎要從屋頂上掉下來!!

禮物

在角館買的和小物

穿雨靴的人佔大多數!!

希望能繼續保留下來……

放有馬肉的內陸線馬龍麵♡

絕妙好湯!!

完

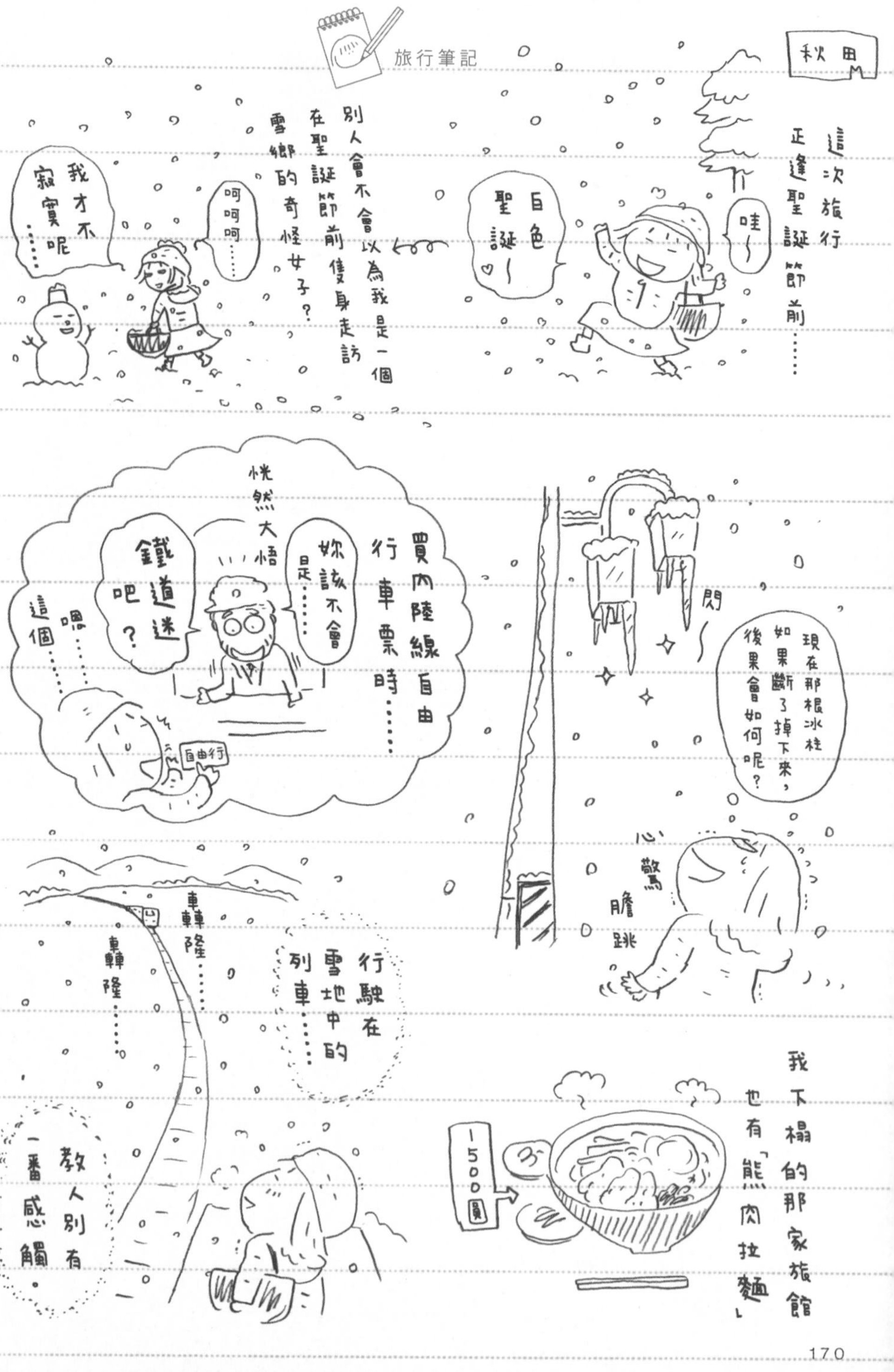
秋田
這次旅行正逢聖誕節前……
哇～
白色聖誕～
別人會不會以為我是一個在聖誕節前隻身走訪雪鄉的奇怪女子？
呵呵呵……
我才不寂寞呢……
買內陸線自由行車票時……
妳該不會是……
恍然大悟
鐵道迷吧？
嗯……
這個……
自由行
現在那根冰柱如果斷了掉下來，後果會如何呢？
閃
心驚膽跳
行駛在雪地中的列車……
轟隆……
轟隆……
教人別有一番感觸。
我下榻的那家旅館也有「熊肉拉麵」
1500圓

秋田完結篇

衝著想在雪中洗溫泉的這個憧憬，來到了秋田，結果遭逢比想像中更多的雪，令我感觸良多。

長大成人看到雪依然一樣興奮（儘管當地居民應該很辛苦），真想堆一個大雪人和挖雪窯喔～

濛濛蒸氣瀰漫的溫泉、熱呼呼的米棒鍋、濁酒的美味、車窗外一望無際的銀白色世界……全都讓我印象深刻，真是一段難忘的旅行。

來回交通費	28,000圓
當地交通費	4,390圓
住宿費	10,500圓
飲食費	5,220圓
入浴費	1,150圓
其他	800圓
共計	50,060圓

LOCALLINE&ONSENHITORITABI＊2009・12＊

此次旅行的費用
50,060圓
東京←→秋田
一夜住宿

➡DATA
●秋田機場liner（秋田エアポートライナー）
☎018-867-7444
（秋田機場liner預約中心）
http://www.airportliner.net/
●紫咲（むら咲）
秋田縣仙北市角館町竹原町4-4
☎0187-55-1223
http://homepage2.nifty.com/murasaki/
●角館溫泉（かくのだて温泉）
秋田縣仙北市角館町下中町28
☎0187-52-2222
●秋田內陸縱貫鐵道株式會社
秋田縣北秋田市阿仁銀山字下新町119-4
☎0186-82-3231
http://www.akita-nairiku.com/
●打當溫泉獵人之湯（打当温泉マタギの湯）
秋田縣北秋田市阿仁打當字仙北渡道上MI（ミ）67
☎0186-84-2612
http://www.akita21.com/matagi/index.html
●小熊亭（こぐま亭）
秋田縣北秋田市阿仁銀山字下新町119-4
（阿仁合車站內）
●漣漪溫泉（さざなみ温泉）
北秋田市川井字鳥屋澤36-4
☎0186-78-4171

後記

感謝各位讀者陪我一起隨興遊走。

旅行前雖然有努力做功課，
但或許仍有許多疏漏之處，
例如「這樣走應該可以更便宜啊」
「這樣換車應該可以更快啊」
「都到這裡了，為甚麼不去那裡呢!?」
但那時的際遇與回憶都是無價的，還請各位多多包涵。

在本書中雖然去了很多地方，
但看看日本地圖，
還是會發現有許多尚未去過的溫泉，
還沒搭過的鐵路線。

有很多地方或因太遠或因交通不便，
很難前往一探究竟，
但還是懷抱憧憬，
心想「那是甚麼樣的地方啊？
真希望哪天可以悠哉出遊。」

悠悠哉哉地隨興旅行……
其實或許正是一種奢侈的享受。
每天慌忙度日的您不妨偶爾也來趟這樣的旅行。
希望這本書能提供給您一些旅行的小點子。

2010年3月　高木直子

最新作品

便當實驗室開張
每天做給老公、女兒，
偶爾也自己吃

媽媽的每一天：
高木直子東奔西跑的日子

媽媽的每一天：
高木直子陪你一起慢慢長大

媽媽的每一天：
高木直子手忙腳亂日記

已經不是一個人：
高木直子 40 脫單故事

再來一碗：
高木直子全家吃飽飽萬歲！

一個人好想吃：
高木直子念念不忘，
吃飽萬歲！

一個人做飯好好吃

一個人吃太飽：
高木直子的美味地圖

一個人和麻吉吃到飽：
高木直子的美味關係

一個人邊跑邊吃：
高木直子呷飽飽
馬拉松之旅

一個人出國到處跑：
高木直子的海外
歡樂馬拉松

一個人去跑步：
馬拉松 1 年級生

一個人去跑步：
馬拉松 2 年級生

一個人去旅行
1 年級生

一個人去旅行
2 年級生

一個人好孝順：
高木直子帶著爸媽去旅行

一個人到處瘋慶典：
高木直子日本祭典萬萬歲

一個人搞東搞西：
高木直子閒不下來手作書

一個人的狗回憶：
高木直子到處尋犬記

台灣出版16週年
全新封面版

150cm Life

150cm Life ②

150cm Life ③

一個人上東京

一個人住第 5 年

一個人住第 9 年

一個人住第幾年？

一個人的第一次

一個人漂泊的日子①
（封面新裝版）

一個人漂泊的日子②
（封面新裝版）

我的 30 分媽媽

我的 30 分媽媽 ②

TITAN 079

一個人暖呼呼

高木直子的鐵道溫泉秘境

高木直子◎圖文 洪俞君◎翻譯 陳欣慧◎手寫字

出版者：大田出版有限公司
台北市10445中山區中山北路二段26巷2號2樓
E-mail：titan@morningstar.com.tw
http：//www.titan3.com.tw
編輯部專線（02）25621383
傳真（02）25818761
【如果您對本書或本出版公司有任何意見，歡迎來電】
法律顧問：陳思成

填回函雙重贈禮 ❤
①立即送購書優惠券
②抽獎小禮物

總編輯：莊培園
副總編輯：蔡鳳儀
行政編輯：鄭鈺澐
行銷編輯：張筠和
校對：洪俞君／蘇淑惠
初版：二〇一一年九月三十日
新版：二〇二四年四月十二日　定價：360 元
新版二刷：二〇二四年七月四日

購書E-mail：service@morningstar.com.tw
網路書店：http://www.morningstar.com.tw（晨星網路書店）
TEL：（04）23595819　FAX：（04）23595493
郵政劃撥：15060393（知己圖書股份有限公司）
印刷：上好印刷股份有限公司

國際書碼：978-986-179-861-5　CIP：861.67/113001665